Heike Hänscheid

DUNKLE GESCHICHTEN AUS
Münster

W0180384

Bildnachweis

Hänscheid: S. 6, 7, 8, 15, 36, 37, 40, 49, 55, 56, 60, 71; Stattreisen: S. 11;
Claudia Große-Perdekamp: S. 16; Andreas Völker (www.rocknklick.de):
S. 18; Dompädagogik: S. 21, 22, 24; Privat: S. 26; Bönte/Kirche + Leben
Münster: S. 29; Allwetterzoo: S. 33; Villa ten Hompel: S. 42; Tiefbauamt:
S. 51, 52; Privat: s. 63 o./u.; Fegefeuer: S. 67, 68; Wolfgang Klein: S. 73;
Cinema: S. 75, 77, 78; Martin Gerhardy: Umschlagrückseite.

1. Auflage 2018
Umschlaggestaltung: r2 | Ravenstein, Verden
Layout und Satz: Schneider Professionell Design, Schlüchtern-Elm
Druck: Druckerei Zimmermann Druck + Verlag GmbH, Balve
Buchbinderische Verarbeitung: Buchbinderei S. R. Büge, Celle
© Wartberg-Verlag GmbH
34281 Gudensberg-Gleichen, Im Wiesental 1
Tel. 0 56 03 - 9 30 50   www.wartberg-verlag.de
ISBN 978-3-8313-2880-2

Inhalt

Vorwort

Liebe Leserin, lieber Leser,

wie mutig von Ihnen, sich auf das „dunkle Münster" einzulassen! Sie werden es merken: Es geht in unseren Geschichten um vielerlei Fassetten von Dunkelheit. Sie können düsterem Geschehen aus Vergangenheit und Gegenwart, Menschen auf den Schattenseiten des Lebens, aber auch spannenden finsteren Orten und nächtlichen Exkursionen begegnen, wenn Sie sich mit uns auf den Weg zu anderen, oft unbekannten Seiten der als „lebenswerteste Stadt der Welt" ausgezeichneten Westfalenmetropole machen.

Manche Orte und Themen wären Ihnen sicher auch eingefallen – im Kino, im Brauereikeller oder im Zwinger an der Promenade ist Dunkelheit selbstverständlich. Aber vielleicht überrascht es Sie, dass es in Münster eine Domführung für blinde und sehbehinderte Menschen gibt, oder welche möglicherweise lebensrettende Funktion ein nächtliches Schlaflabor für seine müden Patienten haben kann. Gerne nehmen wir Sie auch mit ins nächtliche Aquarium des Allwetterzoos oder gar ins „Fegefeuer" ...

Aber bitte keine Angst. „Wo man Dunkelheit verbreitet, kann man Wunder leuchten lassen" – dieses schöne Wort des Schriftstellers Erich Limpach erweist sich in nahezu jeder dieser Geschichten als Silberstreif.

Heike Hänscheid

Leben im Leprahospital –
ausgegrenzt und doch geborgen

Es war eine gute Stunde Fußweg, die die Münsteraner von den „Aussätzigen" trennte. Vor den Toren der Stadt, an der Straße, die über Rheine zur Nordsee führte, stand seit 1333 das münstersche Leprahospital. Wer heute als Besucher durch die mittelalterliche Mauer schreitet und so das historische Gelände im Stadtteil Kinderhaus betritt, der spürt den Hauch der Vergangenheit deutlich: Hier umfängt ihn ein Stück Sozial- und Stadtgeschichte. „Trotz aller düsteren Seiten, die das Leben der Lepra-Kranken durch Schmerzen, Isolation und Entstellung überschatteten, war dies für sie vor allem ein Ort der Zuflucht und der Versorgung", so erläutert Historiker Dr. Ralf Klötzer, Vorsitzender der Gesellschaft für Leprakunde.

Schon 1179 hatte ein Konzilsbeschluss die Städte verpflichtet, für die an der Lepra Erkrankten Hospitäler außerhalb der Stadtmauern zu errichten und sie abgesondert, aber menschenwürdig an Leib und vor allem auch an Seele zu versorgen. Das Leben dort war nahezu einem Kloster-Konvent ähnlich: Eine der Hauptaufgaben der Kranken war das tägliche Fürbittgebet für die Stifter und Spender, die für ihren Unterhalt sorgten. So verachtet die Ausgestoßenen einerseits waren – hielt man ihre Krankheit doch für eine Gottesstrafe –, so wichtig schien ihre Fürbitte: „Sie hatten ja quasi das läuternde Fegefeuer schon im Leben hinter sich gebracht und kamen den damaligen Vorstellungen zufolge nach dem Tod direkt zu Gott", schreibt der Historiker. Die „armen Kinder Gottes", so nannte man die Betroffenen, und diese Bezeichnung gab schließlich dem heutigen Stadtteil „Kinderhaus" seinen Namen.

Wer im Mittelalter im Verdacht stand, am „Aussatz" erkrankt zu sein, musste sich der „Besehung" oder „Lepraschau" unterziehen. Wer nach der strengen Untersuchung als „rein" befunden wurde, bekam einen „Schaubrief" ausgestellt, der ihm die Rückkehr ins normale Leben gestattete. Wen das Gremium allerdings als infiziert erkannte, dessen Dasein änderte sich von Stund' an dramatisch. Er oder sie musste in ein Leprosium ziehen und die typische Leprösenkleidung tragen: Einen grauen, weiten Umhang mit Kapuze, einen breitkrempigen Hut und Handschuhe. Und die „Klapper" gehörte dazu: Eine Art dreiteilige Kastagnette, mit der man die Gesunden warnen konnte, wenn man – mit Erlaubnis des Stiftungs-Verwalters – in die Stadt zum Betteln ging. Berühren durfte dabei niemand die Erkrankten, Geld oder Nahrungsmittel wurde ihnen von Weitem zugeworfen. „Münster hatte damals etwa 10 000 Einwohner", sagt Ralf Klötzer. Auf

Ein Modell des gesamten historischen Geländes, das die Lage des heute nicht mehr existierenden Leprosenhauses (rechts im Bild) verdeutlicht. Im linken, langgestreckten Armen- oder Pfründnerhaus von 1664/66 findet man heute das spannende Lepra-Museum, aber auch das Kinderhauser Heimatmuseum. Im Vordergrund sind das Heiligenhäuschen und die Kirche zu sehen.

Historiker Dr. Ralf Klötzer ist Vorsitzender der Gesellschaft für Lepra-kunde. Hier steht er an der – heute zugemauerten – Durchreiche, die für Spenden und Gaben an die Bewohner des Leprosiums gedacht war.

jeweils rund 1000 von ihnen kam eine Lepra-Erkrankung. „So beherbergte das Kinderhauser Leprosium immer höchstens neun vom „Aussatz" Betroffene, die dort geistlich und materiell versorgt wurden – u. a. gab es drei Liter Bier am Tag und drei Mal Fleisch in der Woche. „Wenigstens mussten sie in dieser Einrichtung, die durch Spenden von reichen Bürgern getragen wurde, keine Not leiden." Gemeinsam mit dem Pastor, einem Vikar, einem Küster und einem Knecht sowie zwei Mägden bil-deten die Kranken eine Art klösterliche Gemeinschaft; ein Amt-mann sowie ein vom Stadtrat bestimmter Provisor sorgten für die Verwaltung der Stiftungsgelder. Eigentum durften Lepröse nicht mehr besitzen, auch nicht heiraten.

Die Lage des Leprahospitals an der viel genutzten Fernstraße war geschickt gewählt: Es gab und gibt jenseits der Mauer ein Heiligenhäuschen mit den Figuren der Hl. Gertrud und des

Noch heute gut lesbar: Die Hinweistafel an der kleinen Kapelle gegenüber der Mauer des Leprosen-Geländes bittet die Vorbeikommenden um finanzielle Unterstützung für die Kranken.

Hl. Lazarus sowie Inschriften, die die Reisenden eindringlich um Geld-Spenden für die Kranken baten. Auch existierte eine – heute verschlossene – Durchreiche in der Mauer, um Sachspenden abzugeben. Das gesamte Gelände innerhalb der Umfassungsmauer atmet auch heute noch den Geist der Vergangenheit: Zwar existiert das ursprüngliche Leprosenhaus nicht mehr, doch das Armen- oder Pfründnerhaus von 1664/66 ist original erhalten und beherbergt heute neben fünf Wohnungen auch zwei Museen: das Kinderhauser Heimatmuseum und das Museum der Gesellschaft für Leprakunde. Es ist das einzige in Deutschland und weit darüber hinaus. Für das nächstgelegene muss man nach Norwegen fahren.

Garten und Brunnen, der das Grundstück umfließende Kinder-
bach und die gegenüberliegende Josefskirche bilden mit den
jahrhundertealten Gebäuden ein Ensemble, das die Besucher
immer wieder in Erstaunen versetzt. Bei den Führungen für
Gäste aus aller Welt, aber auch von Schulklassen und Pfle-
ge-Auszubildenden durch das Lepra-Museum wird eine Krankheit lebendig, die heute in Europa nahezu ausgerottet ist, aber
noch in vielen anderen Ländern – vor allem Indien, Pakistan,
Brasilien und Äthiopien – Menschen befällt. Das auslösende
Bakterium kann man zwar mit Antibiotika erfolgreich bekämp-
fen, dennoch sorgen die oft bleibenden körperlichen Schäden
für gesellschaftliche Ausgrenzung der Erkrankten. Die 2017
verstorbene bekannte Lepraärztin Ruth Pfau hat im Garten
der münsterschen Anlage übrigens einen Baum gepflanzt. Er
ist nicht das einzige Bindeglied an diesem Ort zwischen einer
dunklen Vergangenheit und der Gegenwart.

Von Spießbürgern und abendlicher Torschlusspanik

Thomasius hat es nicht leicht. Jede Nacht ist er unterwegs, um für die Sicherheit seiner Mitmenschen im Münster des späten 17. Jahrhunderts zu sorgen. Ruhestörer und Trunkenbolde muss er zur Raison bringen, dazu auf Funkenflug achten, um eine Brandkatastrophe in der hauptsächlich aus Holzhäusern bestehenden Stadt zu vermeiden. Und was hat er davon? Kargen Lohn und noch weniger Anerkennung, denn als „Nachtmensch" ist er bei seinen Zeitgenossen nur wenig mehr gelitten als der Totengräber und der Henker. Da ist es nur zu verständlich, dass sich der junge Mann mit dem gewalkten langen Umhang, der Laterne und der Hellebarde über uns Gäste aus der Neuzeit freut, die ihn auf seinem Weg durch die nächtliche Stadt begleiten.

Die „Nachtwächter-Tour", die StattReisen Münster schon seit 2003 regelmäßig anbietet, lebt vom Flair der dämmrigen Stadt mit ihren Gassen, aber vor allem von der Authentizität des jeweiligen Gästeführers. Und Thomasius zieht alle Register für uns kleine Gruppe, die sich im Rathaus-Innenhof, dem heutigen Platz des Westfälischen Friedens, versammelt hat. Plötzlich steht er da zwischen den Münsteranern, die ihre Stadt einmal bei Nacht auf einer Zeitreise erleben möchten, und den Touristen, die sich auf diese etwas andere Art der Geschichte der Westfalen-Metropole nähern wollen. „Niederschwelliger Geschichtsunterricht" ist es auf der einen Seite, aber vor allem auch ein Blick auf das Leben der kleinen Leute, die nicht in den steinernen Zeugen des Reichtums der Kaufleute am Haupt-(Prinzipal)-Markt leben und sich nach den Notzeiten des langen Religionskrieges mühsam im Frieden zurechtfinden müssen. „Deshalb muss die Tour auch hinter dem Rathaus mit dem historischen Friedens-

Mit Laterne und (entschärfter) Hellebarde ziehen des Abends Münsters Nachtwächter durch die Straßen und berichten den Menschen aus der Jetzt-Zeit, wie karg für viele einfache Leute das Leben in den Jahren nach dem historischen Frieden von 1648 war.

saal und den Erinnerungen an den Friedensschluss von 1648 beginnen", setzt Thomas Holz von StattReisen auf den Zauber des authentischen Ortes.

„Jeder Nachtwächter-Darsteller hat zwar etwas Spielraum bei seinem Text, der das Leben um 1680 – auf Fakten der Stadtgeschichte basierend – volkstümlich präsentiert", allerdings legen die Verantwortlichen großen Wert darauf, dass es zwar lustig, aber nie klamaukig wird und dass die Darsteller in ihrer Rolle bleiben – also keine Bezüge zum letzten Heimsieg des SC Preußen Münster bringen oder gar mit Plastikmappen in der Hand zur Führung starten.

Unser Thomasius schafft das mühelos. Er beschreibt den Prunk der Ratsherren ebenso wie die bitterliche Armut der Bauernkinder, die durch die Kriegshorden ihre Eltern und die ausgebrannten Höfe verloren haben und nun als Bettelkinder auf den Straßen der unzerstörten Bischofsstadt für ein paar Bissen Brot und das Überleben singen – Thomasius erzeugt Gänsehaut bei seinem Vortrag einer solchen tieftraurigen Moritat im Schatten des Doms. Gleich darauf lässt er seine Gäste vom kargen Pumpernickel naschen und erläutert die damals üblichen Bier- und Gewürzgetränke, etwa das Gruetbier. Denn Wasser, das werden wir etwas später erfahren, war in jenen Tagen auf gar keinen Fall ein Lebensmittel, mit dem man seinen Durst löschen konnte. Für das Gebräu musste übrigens auch eine „Gruet-Bier-Steuer" ans Stadtsäckel gezahlt werden.

Dass auch die verschiedenen und grausig-einfallsreichen Methoden der Bestrafungen – vom Pranger über das Rädern, Henken und Ertränken – häufig auf dem Hauptmarkt stattfanden, lässt kurzes Gruseln zu; kennt der Münsteraner doch den Sentenzbogen am Stadtweinhaus eher als Jubel-Balkon für den Karnevals-Prinzen denn als Ort solcher zur Schau gestellten Folter.

Doch auch Redensarten aus jenen Tagen kann uns der Nachtwächter mit der – entschärften – eisernen Waffe nahebringen: Dass die „Spießbürger" jene einfachen Stadtbewohner waren, die sich im Falle eines Angriffs solche spitzen Waffen, eben die „Spieße", aus der Rathaus-Rüstkammer holen mussten. Oder dass die „Torschluss-Panik" etwa bei den Hirten aufkam, die ihre Tiere am Abend wieder in die durch Mauern und Tore gesicherte Stadt treiben mussten und beim Zuspätkommen vor dem schon geschlossenen Portal erbarmungslos hätten außen vor bleiben müssen.

Und so führt uns der Nachtwächter, der einer von mehreren Darstellern ist – ein Kollege hatte kürzlich übrigens seine 1000. Runde mit staunenden Gästen zu feiern – durch die nächtlichen

Straßen und Gassen, lenkt Blick und Ohr nach oben auf den Lamberti-Kirchturm mit der Türmerstube und dem Klang des Hornes („ich hörte, dass es in Euren Tagen gar eine Frau dorthinauf geschafft haben soll?", da bekreuzigt sich Thomasius) oder nach unten auf den besonderen Pflasterstein an der Stelle, wo sich der Taufbrunnen der Wiedertäufer befunden haben soll. Ihre toten Körper wurden nach der Folter in den berühmten Käfigen an der Stadt- und Marktkirche zur Abschreckung zur Schau gestellt.

Schließlich lässt er unsere Nasen erahnen, wie es um die Aa als öffentliches Abwassergewässer gestanden hat („Wer Aa sagt, muss auch Bäh sagen") und lässt zum Schluss die Hände über das letzte Stück der Immunitätsmauer gleiten, die sich zwischen dem Dombezirk und der Stadt erstreckte. Wir haben Glück, denn wir dürfen – wie damals nur zu Zeiten der großen Synoden (Namensgeber für den heutigen Send, den Jahrmarkt) – als einfache Bürgerinnen und Bürger den Bezirk des Klerus auf dem Horsteberg betreten.

Hier entlässt uns der Mann mit der Laterne zurück in unsere Zeit, ehe er sich verabschiedet, um weiter aufmerksam gegen „Feuerverwahrlosung" oder nächtliche Schrecken seinen Dienst zu tun. In einem Münster, von dem man vieles nicht wusste und von dem sich nun ein ganzes Stück früherer Alltag – dank Thomasius – nicht ganz im Dunkel der Geschichte verliert.

(www.stattreisen-muenster.de)

Münster kann ruhig schlafen – die Türmerin wacht

Um Punkt halb neun kommt Martje Saljé strahlend über den Prinzipalmarkt auf ihrer Leeze vorgefahren: Wir sind zu Dienstantritt der Türmerin am eher unscheinbaren, schmalen Tor verabredet, durch das hindurch es zu einem der höchstgelegenen Arbeitsplätze der Stadt auf den Turm der St.-Lamberti-Kirche geht. Die junge Frau schließt auf und tröstet gleich lächelnd: „Die ersten beiden der 300 Stufen haben Sie schon geschafft." Die nächste Aufmunterung folgt beim Zwischenstopp nach unendlich scheinenden Windungen der Wendeltreppe: „Hier sind wir jetzt schon", zeigt die 38-Jährige den aktuellen Standort auf der Turm-Querschnitt-Zeichnung, die an der Wand hängt. „Schon" sagt sie – „erst" denke ich, denn das war nur ein Drittel des Weges, den die gebürtige Niedersächsin sechs Mal in der Woche hoch (und am Dienstende wieder hinunter) steigt – dienstags hat sie frei. „Für diese Aufgabe hätte ich alles gegeben", freut sie sich seit ihrem Start am 1. Januar 2014 jeden einzelnen Abend darüber, dass sie sich damals gegen etwa 40 (nahezu ausschließlich männliche) Mitbewerber durchsetzen konnte und nun Teil der seit dem Ende des 14. Jahrhunderts bekannten Tradition der „Türmer von Münster" ist.

Langsam verwehen beim Höhersteigen auch die letzten Töne der Orgel, an der der Organist zu dieser Abendstunde noch sitzt. Vom Lärm der Stadt, von den Taxis, dem lauten Lachen der Abendspaziergänger unter den Bögen oder dem unermüdlichen Flötenspieler da draußen dringt kein Hauch mehr an unser Ohr in der Spindel der engen Treppe. Erst als wir den Raum betreten, in dem die majestätische Brand- und Ratsglocke hängt, ist das dunkler werdende „Draußen" wieder erlebbar. Und was

Martje Saljé steht alle halbe Stunde zwischen 21 und 24 Uhr auf dem Umgang des Lamberti-Kirchturms in luftiger Höhe und gibt mit dem Türmerhorn ihr Signal über die nächtliche Stadt.

für ein Blick durch die steinernen Streben: Zum Greifen nah die Wiedertäufer-Käfige, in denen die Gebeine der gefolterten und hingerichteten Führer des „Neuen Jerusalems" einst zur mahnenden Schau gezeigt wurden. Heute leuchten darin drei nackte Glühbirnen, die 1987 im Rahmen der Skulpturen-Ausstellung als „Irrlichter" von Lothar Baumgarten angebracht wurden und an die Seelen des Jan van Leiden und seiner Mitstreiter erinnern sollen; fürs Wechseln einer eventuell einmal erlöschenden Birne ist die Türmerin allerdings nicht verantwortlich.

Dabei trägt sie durchaus Verantwortung in ihrem Amt, für das sie nach Jahren als Musikerin auf vielen Bühnen der Welt endlich in ihrer „Traumstadt Münster" angekommen ist: Sie führt mit dem halbstündlichen Hornsignal die Wachaufgabe ihrer vielen Vorgänger fort. „Klar stehen heute keine Feinde mehr vor den

Die Brand- und Ratsglocke passiert Türmerin Martje Saljé bei jedem Aufstieg. Läuten darf sie sie traditionell allerdings erst nach der nächsten Oberbürgermeisterwahl wieder.

Stadttoren, vor denen einst der Türmer per Signal warnen musste", so berichtet Martje Saljé ohne Atemprobleme beim weiteren
Aufstieg – nur noch 100 Stufen sind wir vom Türmerstübchen
entfernt, ihrem Arbeitsplatz für die kommenden vier Stunden: in
rund 55 Meter Höhe, vis-à-vis vom Dom, fast schwebend über
dem Prinzipalmarkt. Heute sind also keine bewaffneten Feinde
mehr zu melden, aber ein waches Auge auf mögliche Brände
ist unbezahlbar; und die hat die Türmerin inzwischen wirklich
schon einige Male der Feuerwehr gemeldet. Nicht per Horn,
sondern per Telefon, das es auf dem Lamberti-Kirchturm immerhin schon seit 1902 gibt.

Mit der 300. Stufe betreten wir den Dienstraum von Martje („kleine Marta") Saljé. Während ich nach Luft schnappe, schnappt
sie den langen, dunkelblauen Wollumhang und verwandelt sich
damit auch äußerlich in ein Stück Stadtgeschichte. Doch ehe
ich nach ihren Gefühlen zu Nostalgie, Ehrwürdigkeit und Traditionen fragen kann, hat die moderne Türmerin sich bei der
Feuerwehr zum Dienst per Telefon angemeldet, den Laptop ge-
öffnet und kurz über Reaktionen auf ihre Facebook-Seite (www.
facebook.com/tuermerinvonmuenster) und auf ihren Blog (www.
tuermerinvonmuenster.de) geschaut. „Ja, da ist ein Stück Moderne mit mir hier heraufgezogen, aber das Gefühl, hier eine
jahrhundertealte Geschichte fortschreiben zu dürfen, das sorgt
bei mir noch immer für positive Schauer." Mit dem Weckruf ihres
Handys dringt dann, zwei Minuten vor dem ersten Signal-Tuten,
wieder die Aufgabe zu uns durch, die vor ihr Wolfram Schulz
20 Jahre lang wahrgenommen hat, der wiederum Nachfolger
von Roland Mehring war. „Der hat hier oben von 1960 bis 1994
das Türmerhorn geblasen", Martje Saljé weiß natürlich unendlich viel über die Männer, die von der ersten urkundlichen Tür-
mer-Erwähnung von 1383 an für die nächtliche Sicherheit der

Ihren Traumjob hat Martje Saljé in Münster gefunden: Sie ist glücklich, sich in die lange Reihe der Türmer als erste Frau einreihen zu können.

Stadt gesorgt haben. „Recherchen zur Stadtgeschichte gehören mit zu meinen Aufgaben." Sie plant eines Tages ein Buch über ihre Vorgänger zu schreiben, die unter kargsten Umständen so viel Verantwortung für die nächtliche Sicherheit ihrer Mitbürger getragen haben.

Mit dem Türmerhorn ist die weitgereiste und nun in Münster heimisch gewordene Lehrerin, Musikerin und Historikerin inzwischen auf den Umgang vor ihrer Stube getreten und bläst mit dem tiefen C das Zeitsignal in die Straßen der Stadt – traditionell nach Westen, Norden und Süden. So wird sie es bis um Mitternacht jede halbe Stunde machen – zum Zeichen, dass die Stadt ruhig schlafen kann, weil weder Feind noch Feuer die nächtliche Ruhe bedrohen. Die Sterne, der angestrahlte St.-Paulus-Dom, das festlich erleuchtete Theater in greifbarer Nähe, in der Ferne die Bettentürme des Klinikums – welch eine Aussicht! „Aber auch, wenn der Nebel so dicht ist, dass ich kaum hinüber zum

Dom schauen kann, ist es grandios hier oben", strahlt die Türmerin, die natürlich weiß, was da unten auf dem Prinzipalmarkt gerade der Nachtwächter bei seiner Führung über die Türmer da oben im schwach leuchtenden Stübchen berichtet: dass sie als „Gesellen der Nacht" gar nicht gut angesehen waren, dass sie sich viel Ärger einhandeln konnten, wenn sie mal wieder den Nachttopf aus der Höhe leerten (heute gibt es ein Bio-Klo!) oder gar das Signal wortwörtlich verschliefen ...

„Das oder nichts", habe sie gedacht, als sie die Stellenanzeige im Jahr 2013 gelesen hatte. Die Türmerin ist Angestellte der Stadt Münster – und möchte es in ihrem Traumjob bis zur Rente bleiben. Wohin fährt eine Türmerin im Urlaub (den hat sie natürlich, ebenso wie dann einen zuverlässigen Stellvertreter)? „Ich habe die Welt von Skandinavien bis zum Mittelmeer und von den USA bis Kanada gesehen – jetzt besuche ich Städte, die auch Türmerinnen und Türmer haben." Nachdem der gastfreundlich geteilte Türmer-Tee geleert ist, mache ich mich an den Abstieg und lasse Martje Saljé für die nächsten Stunden in ihrem Türmerstübchen das tun, was sie an diesem außergewöhnlichen nächtlichen Arbeitsplatz, ihrer „Turmzeit", so liebt: lesen, Gedichte schreiben und vertonen, lesen, Musik machen, lesen oder direkt vom Turm bloggen. Und jede halbe Stunde der Stadt im Dunkeln signalisieren: Münster kann in Ruhe schlafen, die Türmerin ist auf ihrem Posten.

Den St.-Paulus-Dom mit den Händen sehen

Eines war Mario Schroer von Beginn an klar: Experten für die Entwicklung einer Domführung dieser besonderen Art können nur Betroffene sein. Der Kunsthistoriker und Kunstvermittler hat einen Rundgang für Blinde und Menschen mit Sehbehinderungen erarbeitet und sich dabei von Wünschen, Vorstellungen und Möglichkeiten jener leiten lassen, die mit dem Dunkel leben.

Seit dem Jubiläum im Jahr 2014, als die Mutterkirche des Bistums ihr 750-jähriges Bestehen feierte, gehören Domführungen für Menschen mit Handicaps zum Programm der Dompädagogik. Mit entsprechendem Vorlauf, vielen Gesprächen und der Unterstützung von Domführerin Hildegard Sträter ist auch ein Rundgang entstanden, der das Hören und „mit den Händen Sehen" in den Mittelpunkt stellt.

Treffpunkt für die Gruppen ist das Paradies, der Zugang zur Kathedrale vom Domplatz aus. Schon hier können die Blinden die ersten Wandreliefs ertasten, unterstützt von ihren jeweiligen Begleitern. „Eine solche Führung braucht vor allem Zeit", weiß Mario Schroer. Hier kommt es nicht darauf an, möglichst viele Informationen in den Rundgang hineinzupressen und aufnehmen zu lassen. Denn jeder Teilnehmende muss ausreichend Möglichkeit haben, das entsprechende Objekt zu „be-greifen", über das gerade referiert wird. Nächste Station ist der Westchor. Wo Gruppen Sehender sich ausführlich mit dem Altarbild unter der „Seelenbrause", den kreisrunden Fenstern der Westwand, befassen, da ertasten bei dieser Führung der anderen Art die Besucher die Schnitzereien an den Enden des hölzernen Chorgestühls. Und finden dabei übrigens auch eine Darstellung des Hl. Christophorus – die riesige, steinerne Figur am Mittelgang, die Besucherkinder so imponierend finden, ist für nicht Sehende auf ihrer hohen Säule wenig greifbar. Dafür wächst die Begeisterung der kleinen Gruppe – etwa zehn Teilnehmende nebst Begleitungen sind die ideale Besetzung – beim Taufbecken: Rundherum gibt es viel zu fühlen, die kühle Bronze unterstreicht, was die Domführerin dazu berichtet. Ähnlich ergeht es den Gästen mit dem modernen Kreuzweg, den 1995/96 der Düsseldorfer Künstler Bert Gerresheim für die Nischen der Chorschrankenwände im Chorumgang geschaffen hat. Die 15 plastischen Bronzegruppen zeigen das Passionsgeschehen, in das er Menschen unserer Zeit und Persönlichkeiten der Bistumsgeschichte einbezogen hat. So findet man etwa die selige Schwester Maria Euthymia, den „Löwen von Münster", Clemens August von Galen, Papst Johannes Paul II. und Mutter Theresa dort. Voller

Viel Zeit lässt die Domführung blinden und sehgeschädigten Menschen, um bestimmte Objekte – wie hier eine Station des Kreuzwegs – zu ertasten und zu be-greifen.

Die Büste des seligen Kardinal von Galen ist ein wichtiges Tastobjekt, wenn der Dom für blinde und sehbehinderte Menschen erschlossen wird.

Hingabe werden zudem von den Besuchern die Steinmetz-Zeichen im Sandstein nachgezeichnet; also die Signaturen der Handwerker, die hier am Paulus-Dom gearbeitet haben. Auch die Büste von Kardinal von Galen darf mit Erlaubnis der Domverwaltung berührt und „gelesen" werden. Ein behinderter Gast habe ihn einmal auf die besondere Bedeutung dieses Ortes für sich hingewiesen, so erinnert sich Mario Schroer: „Die Predigten des Bischofs [von Galen] gegen die Euthanasie-Pläne der Nazis hatten ihn tief berührt."

Überhaupt: „Es muss hier von uns kein perfektes Angebot abgeliefert werden, sondern die Teilnehmer sollen spüren, dass wir bereit sind, im Dialog mit ihnen das Beste herauszuholen", sagt Schroer. Diese Bereitschaft zu signalisieren, das ist für ihn und seine Kollegin das Wichtigste, wenn sie Gruppen blinder Besucher begleiten. „Deshalb entwickelt sich dieses Angebot eigentlich auch immer weiter", freut er sich über entsprechende Anregungen. So geschehen etwa bei der Beschreibung der Astronomischen Uhr: „Irgendwann unterbrach mich jemand und fragte nach ihrer Größe – ein Detail, das man Sehenden ja nicht zu vermitteln braucht."

Wenn sich die Gruppe schließlich im Kreuzgang anhand von Tast-Modellen Grundrisse, Größenvergleiche und Materialien des Dombaus erschlossen hat, wartet noch ein Highlight auf sie: Alle nehmen vor der riesigen Orgel Platz und bekommen – über Kopfhörer mit dem Organisten verbunden – eine fröhliche Erläuterung zum imposanten Instrument. Schließlich geht es dann ohne Kopfhörer an den vollen Hörgenuss: Was in diesen vielen hundert Pfeifen steckt und mit welcher Wucht sich die Klänge durch die hohe und weite Halle des Gotteshauses ausbreiten, hilft mit, die ungeheuren Dimensionen des Baus zu erspüren. „Wir möchten gerne irgendwann auch noch mit Gerüchen arbeiten, etwa mit Weihrauch", plant Schroer ständig neue Möglichkeiten, geschädigte oder fehlende Sinne seiner Besucher zu kompensieren. So entstand auch die Idee, taubblinde Menschen die Orgeltöne spüren zu lassen: Sie erhalten einen Luftballon, dessen Vibrationen ihnen die Macht – besonders der tiefen – Pfeifentöne hautnah demonstriert. „Wie gesagt: Die behinderten Menschen sind die besten Experten." So lernt Schroer ständig weiter.

„Es geht eigentlich alles", weiß er aus der Erfahrung auch anderer Führungen für Menschen mit Handicap – etwa bei den vergangenen Skulptur Projekten. „Da haben wir im Vorfeld eine Führung mit verbundenen Augen gemacht – und im Dunkel viel gelernt." Stark profitiert hat der Kunstvermittler übrigens von der Finnin Eeva Rantomo, die Kulturschaffende in Museen und anderswo zum Thema „inklusive Kunstvermittlung" schult und

Ebenso einfach gelöst wie eingängig: Der Grundriss des Paulus-Domes wird mittels kleiner Erhebungen tastbar und verständlich für die blinden Besucherinnen und Besucher.

dabei die lange Tradition dieser Angebote in ihrem Heimatland weitergibt.

Zufrieden und mit positivem Feedback hat die Gruppe inzwischen die Bistumskirche verlassen. Doch nicht allein für blinde und sehbehinderte Menschen gibt es im Paulus-Dom übrigens Rundgänge zu buchen: Mit Führungen für schwerhörige Menschen hat die Dompädagogik inzwischen ihr Angebot erweitert; auch in Gebärden- oder leichter Sprache können Schätze der Kathedrale individuell erläutert werden. Ein Stück Normalität, das – mit kreativen Ideen und Herzblut vermittelt – Benachteiligungen schwinden lässt und Licht ins Dunkel bringen kann.

(Wer Interesse an solchen Führungen hat und einen individuellen Termin vereinbaren möchte, kann sich telefonisch unter 0251/495 1189 oder per E-Mail an dompaedagogik@bistum-muenster.de wenden.)

Wo die Schattenseiten des Lebens mit am Tisch sitzen

Sogenannten „sozialen Abstieg" haben viele derjenigen leidvoll erfahren, die regelmäßig die Treppen in den „Treffpunkt an der Clemenskirche bei Eveline" hinabsteigen. Was sie dort erwartet, ist aber kein schummriger Keller, sondern ein Ort, der Gemeinschaft und Unterstützung anbietet. Vor genau 40 Jahren hat sich hier, mitten im Barock-Viertel im Herzen Münsters, der Traum von Clemensschwester M. Eveline erfüllt, die hilfsbedürftigen oder obdachlosen Menschen einen Platz des Angenommen-Seins schaffen wollte.

Schwester Eveline ist vor ein paar Jahren gestorben und der Treffpunkt wird inzwischen von der Alexianer Misericordia-Gesellschaft getragen. Doch die Räume atmen unverändert, was den Besucherinnen und Besuchern so guttut: Sie erleben Offenheit und Begegnung, können von sich erzählen oder auch anonym nur für ein Essen, für einen Kaffee oder den ganzen Vormittag über bleiben. Matthias Eichbauer, Leiter des Treffpunktes: „Hier wird beim Miteinander-Reden, bei der Mahlgemeinschaft oder beim Spielen ganz rasch aus dem ‚Mann oder der Frau in sozialer Notlage' der Mensch mit seinem Vornamen." Etliche, die hier Ruhe, Hilfe, einen Platz zum Aufwärmen oder eine Mahlzeit suchen und finden, kennen andere, bessere Zeiten. Die gutbürgerliche Existenz ist ihnen aus vielerlei Gründen, etwa durch körperliche oder seelische Krankheiten, verloren gegangen. „Ich bin nicht besser als unsere Gäste, aber ich habe es besser gehabt", sagte anlässlich des 40-jährigen Bestehens des Treffpunkts einer der rund 20 ehrenamtlichen Mitarbeiter nachdenklich.

Die „Option für die Armen", die die Ordensfrau mit Tatkraft und Mut vor vier Jahrzehnten mit ihrem Projekt ergriffen hatte, und

Einladend gestalten die ehrenamtlichen Unterstützerinnen und Unterstützer den „Treffpunkt an der Clemenskirche bei Eveline" – die offene Tür führt zwar in einen Keller, aber der ist ein lichter Ort für so manche, die es im Leben nicht einfach haben.

die Papst Franziskus seiner Kirche seit dem Amtsantritt immer wieder so eindringlich vor Augen führt, hat hier einen realen Ort gefunden. Denn nicht allein Tagesstruktur, Begleitung, Beratung, Mahlzeiten oder Kleiderkammer bestimmten das Miteinander von Haupt- und Ehrenamtlichen mit den Gästen: Hier wechselt der Besucher aus der Empfänger-Position in die auf Augenhöhe. „Sie helfen mit, ihren Treffpunkt sauber zu halten, fegen die Räume aus, wischen die Tische ab – eine Besucherin bügelt die Tischdecken", beschreibt Eichbauer die hohe Identifikation mit dem Treffpunkt.

An der Wand hängt ein Kreuz mit den Namen von verstorbenen Gästen; für sie wird auch regelmäßig in besonderen Gottesdiensten gebetet oder an Gebetsabenden erinnert. „Eigentlich ist aber der ganze Alltag hier Gottesdienst", sinniert Matthias

Eichbauer und nennt es „Segen", was da jeden Tag zwischen Besuchern und dem Team entsteht.

Dass die Menschen am Schattenrand der Gesellschaft es in einer nach außen so heilen und wohlhabenden Stadt nicht einfach haben, ist keine neue Erkenntnis. Viele werden einfach unsichtbar, man übersieht sie. „Die Stadt gehört allen Bürgern, nicht nur den Reichen", hatte Oberbürgermeister Markus Lewe beim Treffpunkt-Jubiläum gemahnt. Wie groß das unkomplizierte Netzwerk der Unterstützung für den Treff an der Clemenskirche ist, das erstaunt Matthias Eichbauer und seine Kollegin Claudia Tiebkorn dann aber doch immer aufs Neue: Ob alle paar Monate eine anonyme Papiertüte voller Lebensmittel – verschnürt mit einem Schuhband – vor der Tür steht, die Frage „Was braucht ihr?" gleich mit einem Riesenstapel von Tellern und Tassen beantwortet wird oder Spenden von Schulen oder Firmen überbracht werden: „Wesentlich mehr Menschen als vermutet wissen um unseren doch eigentlich eher verborgenen Treffpunkt."

Vieles packen die Mitarbeitenden im Vermächtnis von Sr. Eveline an, so manche Probleme lassen sich lösen. Doch das für Münster so drängende Thema des fehlenden bezahlbaren Wohnraums liegt auch ihnen schwer im Magen angesichts der Nöte vieler Gäste, die kein eigenes Zuhause haben. So ist für manchen, der die Treppen zum Treffpunkt hinabsteigt, dieser Ort wie eine Art „Höhle", in der wenigstens für ein paar helle Stunden die dunklen Momente Pause haben.

Mit Kaffee, Mut und Menschenliebe auf dem Strich unterwegs

Studentin Elisa war 2012 in Mexiko und begegnete dort Menschen, die sich in einem Projekt um Kinder von Prostituierten kümmerten. Diese Erfahrung beschäftigte sie auch nach der Rückkehr nach Münster so stark, dass sie mit Josef, ihrem Kommilitonen, darüber in ihrer sozial engagierten „studentischen Weggemeinschaft" ins Gespräch kam. Was beide umtrieb, war die Frage: Wie steht es denn hier in Münster um die Frauen, die an der Siemens- und Robert-Bosch-Straße im Dunkel der Nacht der Straßenprostitution nachgehen? Wer sind sie, wer kümmert sich um sie? Die ernüchternde Antwort nach einem halben Jahr Recherche bei Ämtern und Institutionen: In diese Grauzone taucht niemand ein! Elisa, Josef und Freunde aber packten an und gründeten 2013 die ehrenamtliche Initiative „Marischa".

Seither ist viel Gutes passiert, erzählt Josef, der – ebenso wie Elisa – einen Alias-Namen wählte für diese aufsuchende Arbeit, mit der das Team zwar für Münster Neuland betrat, sich aber in ausführlichen Gesprächen von Initiativen andernorts über Methoden, mögliche Gefahren und Hintergründe beraten ließ. „Nehmt einfach eine Kanne Kaffee mit und Visitenkarten mit einer Kontakt-Telefonnummer", so lautete der wichtigste Rat. Den beherzigten die beiden Gründer, als sie am 18. April 2013 – dieses Datum hat sich Josef eingebrannt – mit durchaus zittrigen Knien erstmals eine der Frauen ansprachen, die hier der Armutsprostitution nachgehen. Dass sie Maria hieß – wie der polnische Name des Projektes „Marischa" – auch das weiß Josef noch sehr genau. Die erstaunte Freude der zunächst misstrauischen Frau wird ihm und Elisa unvergesslich bleiben.

Unterwegs zu den Frauen, die auf dem Straßenstrich arbeiten: Das Marischa-Team baut Vertrauen auf, um den Prostituierten Hilfe anzubieten, wenn die das möchten.

„Wir wollen den überwiegend bulgarischen Frauen auf Augenhöhe begegnen, wollen ihnen Unterstützung anbieten und Ansprechpartner sein, wenn es Fragen oder Sorgen gibt", so erzählt auch Anna. Sie ist kurz nach der Projektgründung zum Team dazugestoßen und seither ebenfalls regelmäßig auf den nächtlichen Straßen im Industriegebiet unterwegs – etwa dreimal im Monat sind jeweils drei Mitarbeiterinnen und Mitarbeiter von „Marischa" dort mit Kaffee und Kondomen, mit offenen Herzen und Ohren präsent. „Dass wir auch mal in einen der Wohnwagen eingeladen wurden und Schicksale und Geschichten hinter der Fassade zu hören bekamen, das hat eine lange Zeit des wachsenden Vertrauens gebraucht", so sagen alle Beteiligten übereinstimmend. Etwa acht bis neun Frauen – meist zwischen

20 und 45 Jahre alt – treffen sie im Sommer regelmäßig an, im Winter ein paar weniger.

Was als ehrenamtliche Initiative begann und inzwischen mit dem „Dialogpreis für gute Taten" des Bistums Münster ausgezeichnet wurde, hat seit 2016 eine hauptamtliche Projekt-Begleitung bekommen, die beim Gesundheitsamt der Stadt angesiedelt ist. Sozialpädagogin Yanica Grachenova, gebürtig aus Bulgarien, ist für das Marischa-Team ein „Glücksfall", wie alle betonen. Durch ihre Sprachkenntnisse ist sie nahe bei den Frauen und arbeitet eng mit den derzeit neun Ehrenamtlichen zusammen. Hauptsächlich sind es gesundheitliche Fragen und Sorgen, die die Prostituierten den nächtlichen Besuchern, die sich so sehr von den Freiern unterscheiden, anvertrauen. So begleiten Marischa-Mitarbeiter sie auch schon mal zu Arztbesuchen, bemühen sich um Sprachkurse und generell um Hilfe zur Selbsthilfe – ohne allerdings den Frauen etwas aufdrängen zu wollen. „Das Thema Ausstieg aus der Prostitution wird nur behandelt, wenn die Frau uns von sich aus dazu anspricht", legen alle großen Wert auf Begegnung ohne Vorbedingungen.

Viele Freier behandeln die Frauen vom Straßenstrich häufig erniedrigend, roh oder sogar gewalttätig und meinen, sich für billiges Geld alles erlauben zu können. Da sei die eigene Würde für die Einzelne nur schwer zu wahren, so eine durchaus belastende Erfahrung für die aufsuchenden Helfer. So kann denn etwa ein Sendbesuch für diese Frauen mit ihren Kindern, wie ihn das Marischa-Team erstmals durchgeführt hat, zu einem Highlight werden – „der schönste Tag meines Lebens", sagte eine der Frauen danach.

Das Drehbuch für einen münsterschen Kurzfilm ist übrigens fertig. Er soll sich später aufklärend an Freier richten und Gewalt gegen Prostituierte thematisieren. Geplant ist, ihn nach Fertigstellung in einschlägigen Foren im Internet, aber auch anderswo zu zeigen, damit er womöglich helfen kann, das Leben der Frauen auf der Straße – und nicht nur auf Münsters Straßenstrich – erträglicher zu machen. „Denn es sind eigentlich starke Frauen, die trotz der Risiken auf der nächtlichen Straße und in den Autos wildfremder Männer Überlebensstrategien entwickelt haben", sagt Yanica Grachenova. Sie dabei mit Kaffee, mit Kondomen, zu Weihnachten auch mal mit kleinen Geschenken, allem voran aber mit dem Angebot von Ausstiegsberatung und -hilfe, falls von den Frauen gewünscht, zu unterstützen, das ist das Ziel von „Marischa" – inzwischen zur Freude der Initiatoren von vielen, auch offiziellen Seiten als Lichtblick in einer eher lichtlosen Tabuzone anerkannt und unterstützt.

„Erbse" und die Neugier auf unerwarteten Besuch

Milas Lieblings-Bilderbuch ist das vom Zoo mit den vielen Klappen, hinter denen sich Tiere verstecken. Die meiste Aufmerksamkeit in diesem Buch gilt allerdings stets der letzten Seite – der Zoo ohne Besucher in der Nacht. Wer schläft, wer ist wach? Ist es laut oder leise im Zoo und fressen Elefanten eigentlich auch im Dunkeln? Viele Fragen, auf die es im Allwetterzoo in Münster Antworten gibt – am besten in der Dämmerung.

Dr. Dirk Wewers, Kurator im Zoologischen Garten, weiß genau, was sich in der Nacht im Tiergarten abspielt. Und er berichtet davon gerne, wenn er bei einer der äußerst beliebten Abendführungen die neugierigen Besucherinnen und Besucher durch die so ganz andere Atmosphäre begleitet. Denn wenn der letzte Mensch das Areal verlassen hat und die Tierpfleger in ihren Feierabend gestartet sind, dann gehört der Zoo ganz den Tieren. Wer sich dann leise in der Gruppe durch die Dämmerung zu verschiedenen Gehegen führen lässt, der spürt die Ruhe fast greifbar – aber der zuckt auch schnell mal zusammen, wenn unerwartetes Brüllen oder Schreie durch die abendliche Stille schallen. Taschenlampen sind übrigens verpönt, weil sie Tiere verschrecken könnten.

Viele Tiere schlafen in ihren Häusern, aber etliche – wie zum Beispiel die Elefanten – sind so gar nicht auf Nachtruhe aus: Sie schlafen höchstens zwei Stunden, und die nicht einmal am Stück. Als Großsäuger haben sie einen hohen Energiebedarf und fressen deshalb auch beständig vom Vorrat, den die Pfleger ihnen abends noch für den Appetit in der Nacht ausstreuen. Im Sommer können die grauen Riesen zwischen Haus und Freigehege nach Belieben wechseln. Sie interessieren sich übrigens wenig für die Besuchergruppen, die etwa vier Mal im Monat im Dämmerlicht vorbeispazieren – ganz im Gegensatz zu den Geparden, die die nächtlichen Besucher schon mal eines Blickes durchs Gitter würdigen. Und auch die Halsbandpekaris, possierliche Nabelschweine, sind abends noch sehr aktiv und deshalb gut zu beobachten.

Den Gipfel der tierischen Neugier allerdings bietet wohl „Erbse": Der Kuhkofferfisch kommt nur allzu gerne an die Scheibe des Aquariums und beäugt die Zweibeiner davor, ja schwimmt ihnen sogar ein Stück nach. Dr. Wewers ist überzeugt, dass Erbse, aber auch viele andere Tiere sehr wohl mitbekommen, wenn Besucher zu einer Zeit vorbeischauen, in der Menschen sonst nicht im Zoo sind.

Die einzigartige Atmosphäre des Allwetterzoos in der Dämmerung genießen bei den abendlichen Führungen stets zahlreiche Gäste. Hier erfahren sie gerade etwas über nächtliche Aktivitäten im Bärengehege.

Da zum Beispiel Huftiere, die ja meist Fluchttiere sind, ihre Jungen gerne in den ruhigen Nachstunden gebären, gibt es morgens für das Zoopersonal schon mal die eine oder andere Überraschung – Zuwachs über Nacht. Wenn schwierige oder heikle Geburten zu erwarten sind, also etwa bei den Elefanten, werden Kameras zur Überwachung installiert, sodass bei Gefahr der Tierarzt sofort eingreifen könnte. Doch auch unerwartete Geburten hat es schon gegeben: Zuletzt noch kam ein Gorilla-Baby auf die Welt, von dem man vorher gar nichts ahnte.

Den Tag zur Nacht machen, auch das geht in Münsters Zoo: Seit Kurzem nämlich werden hier Zwerggleitbeutler gehalten. Die reine Männer-WG der mausgroßen, flugfähigen und eigentlich nachtaktiven Säugetiere aus Australien kann bei Tag bestaunt werden, denn wenn die Zoobesucher ihr abgedunkeltes Gehege betreten, dann ist für die wieselflinken Kleinen dem Gefühl nach Nacht. Und wenn der letzte Besucher den Zoo verlassen hat, dann gehen dort in ihrer kleinen Welt die Lichter an – Signal zur Schlafenszeit für die Australier mit den Flughäuten und dem langen Schwänzchen. So kann man auch bei Tag etwas über das Leben von Zootieren in der Nacht erfahren.

Dass der abendliche Zoo mit seiner ganz speziellen Atmosphäre auch für Veranstaltungen ein spannender Ort ist, das haben schon viele Firmenbelegschaften, Gruppen und Familien erleben können: Im Dämmerlicht des Aquariums, im Elefantenhaus oder im Sommer im Langhaus der Elefantenanlage, aber auch im Kinder- und Pferdepark lässt es sich mal so ganz anders feiern – und dabei trotzdem Rücksicht auf dessen Bewohner nehmen. Denn nachts gehört der Allwetterzoo ja eigentlich nur den Tieren.

Der „Russenfriedhof" – von Gefangenen für Gefangene

„Sie mögen ruhen in Frieden", dieses Wort begrüßt die wenigen Besucher als lateinische Inschrift am schmiedeeisernen Tor zum sogenannten „Russenfriedhof" am Haus Spital, einer der Kriegsgräberstätten in Münster. Dabei hätten jene mehr als 800 Kriegstoten aus dem Ersten und dem Zweiten Weltkrieg, die hier bestattet waren oder sind, ganz sicher lieber daheim in Russland, in Polen, der Ukraine oder an der Wolga in Frieden gelebt als im fernen Deutschland als Kriegsgefangene oder Zwangsarbeiter zu sterben. Dieser Friedhof, zwischen den Ortsteilen Gievenbeck und Nienberge gelegen, ist ein dunkler Ort – auch dann, wenn die Sonne idyllisch durch die Bäume und Hecken blinzelt und die im gepflegten Rasen verstreuten Grabsteine bescheint.

Das Gefangenenlager Haus Spital in der Nähe wurde 1914 in den damals schon vorhandenen Baracken des Truppenübungsplatzes der Garnison Münster eingerichtet. Es wurde im Laufe des Ersten Weltkriegs zum Sammelort für etwa 50 000 belgische, britische, französische, italienische, russische und serbische Kriegsgefangene, wie der Volksbund Kriegsgräberfürsorge vermerkt. Vor allem französische Gefangene legten den Friedhof 1914/15 an, um die Toten des Lagers würdig bestatten zu lassen. Ein Architekt aus Lille, A. Duthoi, plante die Anlage, Steinmetze und Schmiede unter den Gefangenen halfen bei der Ausführung. Das noch heute existierende geschmiedete Eingangstor schuf der französische Bildhauer Broucke im Jahr 1916, ebenso das steinerne Ehrenmal.

Die Inschriften dieses Obelisken am Ende des Hauptweges erklären, dass die französischen Soldaten an die Kameraden der alliierten Armeen erinnern wollten; auf Tafeln sind 770 Namen

Ein stiller Ort, der dennoch zu den Besuchern sprechen und von dunklen Zeiten berichten kann, ist der „Russenfriedhof", gelegen zwischen den Stadtteilen Gievenbeck und Nienberge.

verstorbener englischer, französischer, belgischer und russischer Männer aufgelistet. Doch sie ruhen hier nicht mehr alle: Nach dem Krieg wurden bis auf die russischen Toten die anderen Opfer in ihre Heimat überführt oder auf einen zentralen Friedhof umgebettet.

Im Zweiten Weltkrieg wurden nach offiziellen Angaben elf westalliierte Flieger, 23 Franzosen, 53 Italiener und etwa 200 Kriegstote aus der ehemaligen Sowjetunion beigesetzt. Für die von den Nationalsozialisten verachteten Osteuropäer endete auch im Tod die Diffamierung als Gefangene oder Zwangsarbeiter nicht, so formulierte es Thomas Ridder in einem Beitrag im Katalog zu einer Ausstellung des Stadtmuseums über Münsters Friedhöfe: Die meisten wurden auf Anordnung ohne Sarg, im wahren Wortsinn „bei Nacht und Nebel" angekarrt und zumeist in Sammelgräbern rund um die linke Hecke „verscharrt". Während die Angehörigen der anderen Nationen nach 1945 zumeist in ihre Heimatländer überführt wurden, blieben die Gebeine der russischen Toten zurück; ihre Grablagen sind heute nicht mehr zu lokalisieren.

Die mit 1135 Toten größte Zahl der Opfer von Krieg und Gewaltherrschaft – im Kampf gefallen oder nach Leid und Krankheit in Gefangenenlagern oder als Zwangsarbeiter gestorben – ruht auf dem Waldfriedhof Lauheide, so das städtische Grünflächenamt, das auch für Münsters Friedhöfe und Kriegsgräberstätten und die sogenannten „Ehrenfelder" zuständig ist.

Zwar ist der Begriff der „Feindgräber" längst, so hofft man, aus dem Wortschatz getilgt, dennoch hat auch heute ein Ort wie die Kriegsgräberstätte Haus Spital Feinde. Im August 2015, also genau 100 Jahre nach der Einweihung des Friedhofs, brachen bisher Unbekannte mit brachialer Gewalt die eigens angefertig-

Die Kriegsgräberstätte Haus Spital wurde von Gefangenen für die Toten des Lagers angelegt.

ten bronzenen Schilder mit den Lebensdaten der Bestatteten aus den Grabsteinen heraus – mehr als 450 dieser Tafeln erbeuteten sie offenbar in aller Ruhe, wohl um das Metall zu Geld zu machen. Ein nahezu weltweites Medieninteresse brach über das städtische Amt für Grünflächen, Umweltschutz und Nachhaltigkeit herein – mit Unverständnis, Trauer und Betroffenheit reagierten viele auf die Nachricht von dieser Respekt- und Sinnlosigkeit. Wenngleich inzwischen wieder neue Namensplatten an den Grabsteinen angebracht wurden – Grablage-Pläne machten die richtige Zuordnung möglich – hat der stille Ort durch diese würdelose Tat noch ein Stückchen an Düsternis hinzugewonnen. Auch wenn die Sonne scheint.

Tod aus heiterem Herbsthimmel

Nahezu alle Zeugen jenes unvergessenen 10. Oktober 1943 beginnen ihre Berichte mit dem Hinweis auf den blauen, sonnigen, wolkenlosen Herbsthimmel. Ein warmer Sonntag wohl wie aus dem Bilderbuch für die Münsteraner und die Besucher ihrer schönen alten Stadt, deren Dom und Altstadtkirchen, Adelspalais' und Prinzipalmarkt-Giebelhäuser eine scheinbar so friedliche und schmucke Kulisse trotz des schon seit vier Jahren tobenden Weltkriegs boten.

Dass mit dem ersten Tagesangriff der US Air Force auf Münster – erst seit Januar 1943 wurden aufgrund verbesserter Technik solche Angriffe bei Tageslicht geflogen – das Grauen wortwörtlich „aus heiterem Himmel" Einzug halten würde, konnte sich niemand in der Stadt vorstellen. So ging man spazieren, bereitete im St.-Paulus-Dom die Vesper vor oder besuchte das Apollo-Theater an der Ludgeristraße zur Nachmittags-Kinovorstellung. Und auch noch, als der Voralarm gegen kurz vor drei Uhr über der Stadt ertönte, glaubten nur wenige an eine wirkliche Bedrohung. Doch die war sehr real und rauschte, trotz Flakabwehr, schon etwa zehn Minuten später in drei Wellen über die Stadt zu dem vom amerikanischen Kommando ausgegebenen Ziel, den „Stufen am Westportal des Domes".

Die Spreng- und Brandbomben, die die Flugzeuge dabei nicht nur über dem Stadtzentrum ausklinkten, leisteten ganze Arbeit und ließen das vertraute, altehrwürdige Gesicht der Westfalen-Metropole untergehen. In diesem nur etwa 20 Minuten dauernden Bombardement fanden viermal so viele Menschen den Tod wie bei allen vorhergegangenen Luftangriffen seit Kriegsbeginn: Offiziell waren es 473 Zivilpersonen und fast 200 Soldaten, die auf den Straßen, in Bunkern, Deckungsgräben oder in den Kellern ihrer eigenen Häuser an diesem so hellen „dunklen Tag" starben.

Auch 52 tote Clemensschwestern, darunter ihre Generaloberin, zwei Provinzoberinnen und zwölf Oberinnen, hatte der Orden zu beklagen. Sie waren an der Loerstraße zu einer Konferenz versammelt, als das dortige Clemenshospital mit dem Mutterhaus getroffen wurde. Die Berichte von der Bergung der Verletzten und der Toten – so wurde langwierig ein Stollen unter den Schuttbergen gegraben – unterscheiden sich in ihrer Dramatik wenig von denen der Angehörigen, die überall in der Stadt unter umgestürzten Mauern, in Bombentrichtern oder zu-

Im Gedenkzentrum für die selige Sr. Maria Euthymia am Mutterhaus der Clemensschwestern wird mit verschiedenen Gedenktafeln an die Geschichte des Ordens erinnert. Darunter findet sich auch diese Zusammenstellung, die an den 10. Oktober 1943 mit den verheerenden Bombenangriffen auf Münster erinnert. Auch viele Clemensschwestern kamen dabei ums Leben.

sammengefallenen Gebäuden nach Lebenszeichen suchten. Die zum 10. Oktober 1983, also 40 Jahre nach dem traumatischen Sonntag, in Münsters Stadtmuseum gezeigte Ausstellung und Dokumentation „Bomben auf Münster" verdeutlichte mit Fotos, Statistiken und Augenzeugenberichten auch den Nachgeborenen die Dramatik und Zäsur, die besonders dieser Tag für Münster bedeutete.

Neben dem Verlust an Menschenleben trauerte die Stadt auch aufgrund ihres nahezu ausgelöschten Bildes: Dom, Bischöfliches Palais, fast alle Altstadtkirchen, Teile der Universität, die Krankenhäuser im Stadtzentrum und weitere prägende Gebäude waren durch Bomben oder die folgenden lodernden Brände zerstört oder schwer beschädigt. Gut ein Jahr später, am 18. Oktober 1944, wurde das gotische Rathaus bei einem weiteren Angriff vernichtet, im November durchschlug eine Bombe den Schützenhof-Bunker und tötete 68 Menschen. Der letzte große Luftangriff auf die Stadt im März 1945 kostete noch einmal 25 Menschen das Leben. Auch sie finden sich im Sterberegister der Stadt, das offiziell 1264 „Fliegertote" für die Kriegsjahre in Münster auflistet, darunter 32 Kinder im Alter bis sechs Jahre und 259 über 60-Jährige.

In der Leichenhalle des Zentralfriedhofs standen nach jenem 10. Oktober 1943 nach Zeitzeugenberichten die Särge von beim Angriff abgeschossenen amerikanischen Fliegern neben denen der deutschen Opfer – welch ein Symbol für die Sinnlosigkeit der Ereignisse an diesem tiefdunklen Tag in Münsters Geschichte.

Ein Ort voller Geschichten wird zum „Geschichtsort"

Einer der reichsten Münsteraner seiner Zeit baute sich die Villa: Was 1924 mit der Errichtung eines repräsentativen Wohnsitzes für den Zementfabrikanten Rudolf ten Hompel am Kaiser-Wilhelm-Ring begann, zieht eine lange, zum Teil sehr dunkle Spur durch fast 100 Jahre münsterscher Geschichte. Heute arbeiten in diesem Haus Menschen, die es sich zur Aufgabe gemacht haben, hier einen „Denkort für die Auseinandersetzung mit historischen und aktuellen Themen zwischen Geschichtskultur und Demokratieförderung" zu gestalten.

Im Katalog der Dauerausstellung in der Villa ten Hompel findet sich dieses Bild. „Das Bataillon 309 macht eine Pause" heißt es und zeigt die beiden Hauptangeklagten im späteren Wuppertaler Bialystok-Prozess. Rechts ist Oberleutnant Rolf-Joachim Buchs zu sehen, links Leutnant Heinrich Schneider, der auch in der Villa in Münster Dienst tat.

„Im Kern geht es darum, wie man Geschichte nutzt, um Haltungen zur Gegenwart und Zukunft einzunehmen", so beschreibt Dr. Christoph Spieker, Leiter des städtischen Geschichtsortes, das Ziel der Forschungen, Tagungen, Geschichtsvermittlungen und Veröffentlichungen, um die sich das Team dort kümmert. Die wechselvolle Historie der Villa ten Hompel und der hier einst agierenden Menschen wird bewusst in einer Dauerausstellung in Szene gesetzt und lebendig erhalten – es ist ein authentischer Ort.

Nachdem die Familie des Erbauers Glanz, Stellung und Fabrik durch Zahlungsschwierigkeiten verloren hatte und nach einem Prozess gegen Rudolf ten Hompel dann Münster verließ, wurde das herrschaftliche Anwesen von 1940 bis 1944 zum Sitz der Ordnungspolizei erwählt. Ihr Befehlshaber war Dr. Heinrich B. Lankenau, der von seinem Schreibtisch in der Villa ten Hompel aus bis zu 200 000 Polizisten befehligte. „Wachmannschaften für die Deportationszüge in die Vernichtungslager und Transportbegleitungen in die Konzentrationslager wurden hier zusammengestellt, ebenso wie das Aufsichtspersonal für die sogenannten Arbeitserziehungslager", so liest man über diese Zeitspanne in der Villa.

Viele Namen und Schicksale sind mit der Villa ten Hompel verbunden und verwoben – eines ist das von Heinrich Schneider, über den zahlreiche Unterlagen im Archiv des heutigen Geschichtsortes verwahrt sind. Schneider war 1914 in Wuppertal geboren und 1934 zur Landespolizei in Münster gekommen. Mit Kriegsbeginn 1939 nahm er – zwei Jahre zuvor in die NSDAP eingetreten – am Polenfeldzug teil. Nach verschiedenen Stationen war Schneider dann als Leutnant der Schutzpolizei mit seiner Kompanie in Bialystok und am dortigen Massaker an Juden aktiv beteiligt. In den Unterlagen heißt es, dass er mit seiner

Maschinenpistole jüdische Bewohner bei Hausdurchsuchungen tötete und gemeinsam mit dem Chef der Kompanie den Befehl gab, 700 bis 800 Juden in der Synagoge einzuschließen und das Gotteshaus dann in Brand zu stecken sowie Flüchtende zu erschießen. Aus welchem Grund sich Schneider, wie die anderen Offiziere des Bataillons, an diesem Abend betrank, vermerken die Zeugenaussagen nicht ... Nach weiteren Einsätzen in der Sowjetunion mit bezeugten Erschießungen wurde dem SS-Mann schließlich das Eiserne Kreuz II. Klasse verliehen. Er kehrte nach Münster zurück und wurde Adjutant beim Oberbefehlshaber der Ordnungspolizei mit Schreibtisch in der Villa ten Hompel. Im März 1943 wurde er nach Lyon versetzt, wo seine Karriere als stellvertretender Kommandeur der Ordnungspolizei weiterging. Doch nach einem Einsatz an der Ostfront wurde er verletzt und geriet in einem Lazarett in amerikanische Kriegsgefangenschaft.

Seine Versuche, in der Nachkriegszeit wieder in den Polizeidienst einzutreten, endeten mit Ablehnung, 1954 versetzte man ihn als dienstunfähig in den Ruhestand. Neun Jahre später wurden erste Ermittlungen gegen ihn aufgenommen, die schließlich zur Verhaftung und zum Prozess führten. Unter der Last der Beschuldigungen und Zeugenaussagen brach Heinrich Schneider schließlich zusammen – er gestand die Taten und erhängte sich nach Prozessbeginn in seiner Zelle.

Lebensbilder der Täter, aber vor allem auch der Opfer, sammelt die Villa ten Hompel mit den Hauptamtlichen und gemeinsam mit vielen Ehrenamtlern, Freiwilligen und interessierten Münsteranern, die den Geschichtsort auf vielerlei Weise unterstützen. Immer wieder gibt es dabei Spuren, die aus dem Dunkel der Nazi-Zeit und ihrer „Schreibtischtäter" in die Gegenwart führen. Denn nach dem Ende des Krieges tagte in der Villa ten Hompel der „Entnazifizierungs-Hauptausschuss", der über den möglichen Wiedereintritt ehemaliger Polizisten in den Dienst entschied. Von 1954 bis 1968 wurde das Haus schließlich zum Sitz der Wiedergutmachungs-Behörde der Bezirksregierung. Sie konnte vieles erreichen – doch auch ihre Arbeit erweist sich im Rückblick als nicht unumstritten.

Seit 1999 ist die Villa städtischer „Geschichtsort" und sorgt mit Archiv, Bibliothek, eigenen Forschungen und regelmäßigen Veröffentlichungen, Tagungen und Veranstaltungen, aber auch mit innovativen pädagogischen Projekten wie der mobilen Beratung gegen Rechtsextremismus für Erinnerungskultur. Dass sie dabei auch Gedenkstättenfahrten organisiert, internationale Austausche pflegt und gerade die Zusammenarbeit mit Schulen sucht, ist für das Team um Christoph Spieker selbstverständlicher Teil ihrer Aufgabe, Demokratie zu fördern. Aus dem Schauplatz nationalsozialistischer Verbrechen ist ein Ort des Lernens für Gegenwart und Zukunft geworden.

Dunklen Zeiten mit der Taschenlampe auf der Spur

Seit Jahren sind sie an jenem geheimnisvollen Ort vorbeige-joggt, -geradelt oder -spaziert. Und immer war da die vage Idee, dass man sich doch mit dem klotzigen, steinernen Koloss mal näher befassen müsste. An diesem Frühlingsabend nun machen die Teilnehmer der Führung durch den Zwinger aus dem Vorsatz Wirklichkeit. „Da geht es Ihnen genauso wie den meisten unserer Besucherinnen und Besucher", weiß der freundliche junge Mitarbeiter des Stadtmuseums um die Neugier auf das Innere des Zwingers an der Promenade.

Steingewordene Geschichte ist das kreisrunde Bollwerk, das – mit dem Vorgängerbau – seit dem 15. Jahrhundert Teil der Stadtbefestigung war und seitdem in seinem dunklen Bauch viel Wechselhaftes zwischen Kanonen, Kunst, Elend und Henker gesehen hat, dem die kleine Gruppe jetzt mit Taschenlampen und kundigen Erläuterungen auf der Spur ist. Denn dieser Ort ist wahrhaft ein dunkler Ort. Früher, als kleines Mädchen, so erinnert sich eine der Teilnehmerinnen, sei sie mit Schulfreunden heimlich durch den Absperrzaun in das damals halb zerfallene Gemäuer geklettert – „ebenso abenteuerlich wie gruselig" sei das für die Kinder gewesen. Heute ist es weniger Abenteuer, aber es bleibt durchaus ein Gefühl, als ob Geister der bewegten Vergangenheit mit durch den schmalen gemauerten Gang huschen. Ob deshalb einige Besucher etwas lauter sprechen? Die Geschichte dieses einstigen Wehrturms nahe dem ehemaligen Neubrücken-Stadttor spiegelt Zeitgeist und Stadthistorie über viele Jahrhunderte wider, und man findet trotz mehrmaliger Umbauten und Zerstörungen durchaus aus jeder Epoche Zeugnisse. Zunächst als Teil der Stadtbefestigung ein besonders wichtiger Ort an der Schwachstelle, wo die Aa aus der Stadtmauer austrat, wurde er in kriegerischen Zeiten auch weiter als Geschützturm verstärkt bis zum heutigen Durchmesser von mehr als 24 Metern. Der Zwinger war zwischenzeitlich auch Werkstatt der Pulvermacher, in der es eine Pferdemühle gab.

Der Umbau durch Barockbaumeister Johann Conrad Schlaun um 1730 zu einem Untersuchungsgefängnis mit 17 winzigen Zellen auf drei Etagen markiert einen weiteren Wendepunkt in der Nutzung des Zwingers. Revolutionär dabei der Einbau von Toiletten in jedem Raum – gereinigt mit der natürlichen Regenwasser-Spülung vom neuen Dach. Dass diese Ein-Mann-Zellen im 20. Jahrhundert von der Gestapo jeweils mit zahlreichen Gefangenen – hauptsächlich Zwangsarbeiterinnen und -arbeiter – mehr als überbelegt wurden, lässt die Führungsteilnehmer rasch die kleine Kammer verlassen. Der Gedanke, hier weitgehend ohne Licht im feuchten Gemäuer, bei verschlossener Tür und in drangvoller Enge auf eine Verurteilung warten zu müssen, löst vermutlich einen unbewussten kleinen Fluchtreflex aus …

Bis etwa 1900 wurde das Gefängnis genutzt, ehe der Maler Friedrich Wilhelm Liel 1919 das leer stehende Gebäude von der Stadt anmietete und Wohnung und Atelier darin einrichtete. Die notwendigen Umbauten, um aus der Zwingburg ein Zuhause zu machen, schloss der Beamte und Künstler zügig ab. Aus dem nun mit bunten Wänden und elektrischem Licht versehenen kuriosen Rundbau machte der Mitbegründer der Freien Künstlergemeinschaft „Schanze" bis zu seinem Auszug einen besonderen Treffpunkt für münstersche Kulturschaffende.

Des Künstlers Umbauten kamen der Hitlerjugend gerade recht – ab 1936 wird ein neues Kapitel an der Promenade geschrieben. Zunächst zog eine kleine Unterabteilung hier ein, zwei Jahre später war das „Kulturheim" mit Abenteuer-Ambiente der Versuch, Kinder und Jugendliche der Stadt, die oft in katholischen Jugendverbänden organisiert waren, für die Ideologie des „1000-jährigen Reiches" zu gewinnen. In den folgenden Kriegsjahren spielte dieser Treffpunkt kaum mehr eine Rolle. Doch die Geheime Staatspolizei, die Gestapo, übernahm ab 1944 den Zwinger und reaktivierte seine überwunden geglaubte Funktion als Gefängnis, um es auch als Hinrichtungsstätte zu nutzen. Im Innenhof wurde, je nach Bedarf, eine mobile Henkers-Anlage errichtet. „Nachweislich 32 Menschen sind in den letzten beiden Kriegsjahren hier getötet worden", so berichtet der junge Mann und weist auf die 32 roten, an Grablichter erinnernden Lämpchen hin, die der Gruppe den dunklen Wehrgang und einige Zellen gespenstisch blutrot schimmern lassen.

Auch das stete Klopfen von 42 Stahlhämmern an den dicken Wänden, das eine unregelmäßige Geräuschkulisse in den Hinterköpfen der Besucher entstehen lässt, gerät nun in den Fokus. Dieses „gegenläufige Konzert" der Künstlerin Rebecca Horn – entstanden zu den Skulptur Projekten 1987 speziell für diesen Ort, der damals noch eher Ruine als Erinnerungs- und Besichtigungsobjekt war – gibt dem inzwischen zum „offiziellen Mahnmal für die Opfer der Gewalt" ernannten Zwinger ein besonderes Gewicht. Seine durch wenige Interpretationshilfen der Künstlerin inspirierte Deutung lässt viel Raum für persönliche Auslegung. „Ob das Klopfen der Hammermaschinen an die Gefangenen erinnert, die sich untereinander verständigten?", so überlegt einer, während eine Frau sich Gedanken zur Entladung der elektrischen Spannungsblitze in einem anderen Teil der Installation macht. Einig sind sich dann die meisten, als man aus dem dunklen Gang plötzlich ins Licht des Innenhofes blinzelt, in dem die Hinrichtungen der Nazis stattfanden: Die Idee hinter den

Weil der Rundbau heute kein Dach mehr hat, kann man über die Treppe vom Keller hinauf in den heute offen liegenden einstigen Eingangsbereich steigen – die Natur hat zur „Möblierung" kräftig beigetragen.

Wassertropfen, die aus einem Glasgefäß wieder regelmäßig ins „schwarze Bad", ein Wasserbecken am Grund des runden Hofes, eintauchen werden (wenn der Tank repariert sein wird), spricht für sich. „Dadurch wird seine Oberfläche in Bewegung gebracht und eine Verbindung zwischen den dunklen Taten der Vergangenheit und der Gegenwart geknüpft", so beschreiben es die Leiterin des Stadtmuseums, Dr. Barbara Rommé, und Bernd Thier in einer Informationsschrift zum Zwinger, der seit 1986 in der Liste der schützenswerten Baudenkmale Münsters steht.

Zum Ende des Rundgangs – welch passendes Wort für diesen Rundbau – sind die Teilnehmenden offenbar sehr zufrieden, nun endlich das Innere des Kolosses erkundet zu haben. Was von seiner wechselhaften Geschichte und seinen stummen Zeugnissen zur (Stadt-)Geschichte besonders beeindruckt hat und haften bleiben wird, das macht in der zufällig zusammengewürfelten Gruppe an diesem Frühlingsabend wohl jeder und jede für sich aus. Das Stadtmuseum Münster jedenfalls hält erfahrbare Vergangenheit durch regelmäßige Öffnungszeiten und wiederkehrende Führungen lebendig.

In der Unterwelt

Es war ein jahrelanger „Arbeits-Aufenthalt", den der päpstliche Gesandte Fabio Chigi als einer von über 100 Diplomaten während der Verhandlungen zum Westfälischen Friedens notgedrungen in Münster verbringen musste. Seine Wohnung in den Jahren um 1648 lag dabei in der Nähe der Aa. Kein idyllisches Flüsschen, sondern ein offener Abwasserkanal, in dem jedermann seine Abfälle und den Unrat, Tierkadaver oder giftige Stoffe aus der Gerberei entsorgte – im Sommer oft ausgetrocknet und entsprechend stinkend, bei Regen über die Ufer tretend. Auf ein geregeltes Abwasser-Management musste die Stadt auch nach dem Friedensschluss noch lange warten – seine nicht immer angenehmen Erinnerungen an Münster hat Fabio Chigi übrigens in Gedichten verarbeitet und vermutlich auch noch länger in der Nase gehabt.

Heute macht sich kaum jemand Gedanken, wenn das Abwasser von Regen oder aus der Toilette gurgelnd im Dunkeln verschwindet – sieht man vielleicht vom „Jahrhundert-Regen" im Jahr 2014 mal ab, in dessen Folge das Thema in aller Munde – und in vielen Wohnungen und Kellern – war. Michael Grimm, der Leiter des münsterschen Tiefbauamtes, und sein rund 300-köpfiges Mitarbeiter-Team kümmern sich engagiert und gerne um das Reinigen und Ableiten der Abwässer der Großstadt. Ihre Devise lautet dabei, wirtschaftlich, bürgerfreundlich, zukunftsfähig und umweltorientiert zu arbeiten.

Mitte des 19. Jahrhunderts, so hat Grimm recherchiert, gab es in Münster innerhalb des Promenadenrings nur eine kleine Anzahl von Entwässerungskanälen, die das von den Straßen abfließende Schmutz- und Regenwasser aufnahmen. Sie, aber auch deren später eher unplanmäßige Verlängerungen, litten allerdings unter dem sehr geringen Gefälle im Stadtgebiet. Hinzu kam der steigende Wasserverbrauch. Kein Wunder, dass bereits 1881 das Einleiten von Fäkalien in diese Kanäle durch die Polizei verboten wurde – Gestank und Rückstau in den Kellern nahmen überhand.

Ein Spaziergang ist es nicht, wenn Mitarbeiter des Tiefbauamtes, gut gesichert und mit viel schützender Technik versehen, sich ein Bild vom Zustand der verrohrten münsterschen Unterwelt machen.

Denn mit der wachsenden Stadt stieg auch das Abwasseraufkommen – so wurde ein Hauptsammler errichtet, dessen Inhalt sich dann allerdings wieder ungeklärt in die arme kleine Aa ergoss. Fabio Chigi hätte wohl geseufzt ... Doch schon kurze Zeit später wurde neu und langfristiger geplant: Aa-Seitenkanäle entstanden ebenso wie ein Kanalwasserpumpwerk. Schließlich kam es 1901 zur Anlage der Rieselfelder. Von da an ging es regelmäßig voran in Richtung Zukunft. 1911 umfasste die Länge der städtischen Kanäle immerhin bereits mehr als 80 Kilometer. Und heute? Von Münster nach Lyon und wieder zurück – also mehr als 1700 Kilometer –, so lang ist das unterirdische öffentliche Netz der Abwasserkanäle. Etwa 100 Pumpwerke sind über

So sieht einer der mächtigen Regenwasserkanäle unter Münsters Straßen aus.

die Stadt verteilt, wegen des schon genannten geringen Gefälles. Über Druckrohrleitungen wird das schmutzige Wasser zu den Kläranlagen transportiert. Neben der Hauptkläranlage in Coerde betreibt die Stadt Münster weitere vier Nebenkläranlagen. Die Rohre bestehen entweder aus widerstandfähigem Steinzeug oder aus Beton, zum Teil aber auch schon aus Kunststoff. Die tiefsten Leitungen sind übrigens bis zu acht Meter unter der Erdoberfläche verlegt.

Alle 15 Jahre werden die unterirdischen Rohrstraßen mit einer Kamera befahren. Für die anstehenden Reparaturen, etwa bei Rissen oder Schäden durch Baumwurzeln, muss die Stadt im Mittel der vergangenen Jahre immerhin rund sieben Mio. Euro ausgeben. Begehbar für Menschen sind jedoch nur etwa 95 der 1700 Kilometer. „Allerdings ist das weder ein Spaziergang noch ein Vergnügen, denn aufrecht stehen kann man darin nicht", erläutert der Tiefbauamtsleiter und ergänzt schmunzelnd, dass man als Wanderer in der münsterschen Unterwelt natürlich auch keine Phobien mitbringen sollte ... Wer dann hineinsteigt, der muss sich an hohe Sicherheitsanforderungen halten, etwa bei Bekleidung, Atemschutz und Ausrüstung. Als er Berufsanfänger war, erzählt Michael Grimm, ging es beim Einsteigen in die Kanalisation noch um richtige Hand- und Drecksarbeit – heute erledigen Maschinen wie Kettenschleudern und sogar Fräs-Roboter die meisten der Reinigungsaufgaben, vor allem bei den kleineren Rohrprofilen. Die Mitarbeiter der verschiedenen Bereiche sind mit der entsprechenden Hightech vertraut, werden regelmäßig auch zum Thema Arbeitssicherheit und Hygiene geschult. Auch die Planung für die Zukunft der „Daueraufgabe Abwasserbeseitigung und -klärung" in einer rasch wachsenden und sich ausdehnenden Stadt ist anspruchsvoll.

Dass es in den Kanälen unter der Stadt auch vierbeinige Bewohner gibt, die sich dort sehr wohlfühlen und vor allem das opulente Nahrungsangebot überaus zu schätzen wissen, ist kein dunkles Geheimnis. Speisereste und andere „Delikatessen", die durch die Spülungen in den Haushalten im Fallrohr verschwinden, decken den grauen Nagern den Tisch fürstlich.

„Wir gehen selbstverständlich jedem Hinweis sofort nach und haben das Problem auch durch Köder gut im Griff", sagt Michael Grimm, der weiter darauf hofft, dass die Münsteraner Nahrungsmittel eben nicht über die Toilette entsorgen.

Als Kaiser Wilhelm II. 1907 Münster besuchte, hatte man im Vorfeld Münsters Gute Stube, den Prinzipalmarkt, kanalisiert. Seit nun gut 110 Jahren liegen dort also die Rohre und schauen inzwischen langsam dem Ende ihrer Lebenszeit entgegen.

„Das wird irgendwann eine ganz spezielle Baustelle", weiß Tiefbauamtsleiter Michael Grimm, denn diese „Operation am offenen Herzen der Stadt" muss von langer Hand gut geplant werden. Die Experten für Münsters Unterwelt sind vorbereitet.

Erhellendes aus dem dunklen Schlaflabor

21 Uhr. Die Tür öffnet sich und die beiden freundlichen Mitarbeiterinnen bitten die Wartenden hinein in die Räume des Schlaflabors. Wie nahezu jeden Abend sind es acht Patienten – überwiegend Männer –, die hier Antworten auf ihre Schlafprobleme suchen und denen der medizintechnisch überwachte Aufenthalt im Gastbett dabei helfen soll, deren Ursachen auf die Schliche zu kommen.

Im Schnitt haben die Hilfesuchenden schon drei Monate auf diese eine Nacht im Schlaflabor gewartet, das der Praxisgemeinschaft von vier Lungenfachärzten am münsterschen St.-Franziskus-Hospital angegliedert ist. Dr. Uwe Hemmers ist einer der

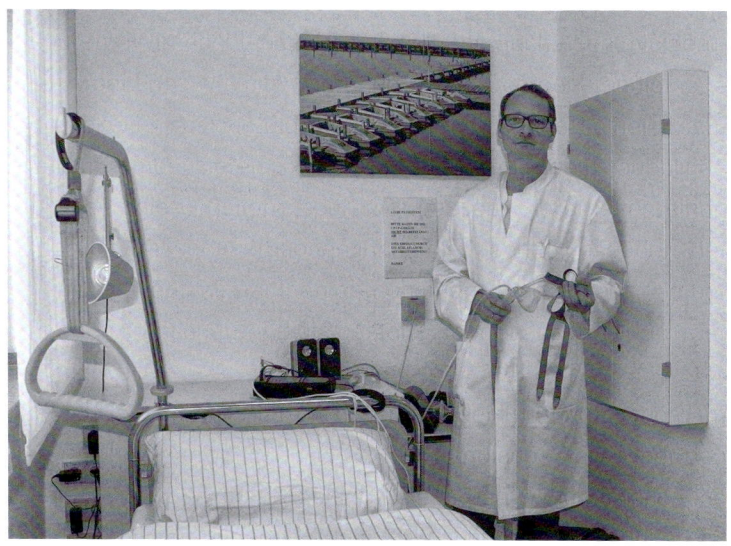

Wären nicht all die Geräte und Kabel nebst Atemmaske, die Dr. Uwe Hemmers hier präsentiert, wäre man versucht, von einem kleinen Hotelzimmer zu sprechen, in dem die Hilfesuchenden die Kontrollnacht verbringen.

Die Werte jedes nächtlichen Patienten werden am Kontrollmonitor über-
wacht und später ausgelesen, um den Schlafproblemen auf die Spur zu
kommen und schlimme Folgen für die Gesundheit abzuwenden.

vier und fasziniert vom Thema „Schlaf". Die Schlafmedizin ist
ein noch relativ junger Zweig und wird, wie das Gehirn als „zu-
ständiges" Organ, ständig weiter erforscht. „Gerade, weil wir in
die Funktionen unserer ‚Blackbox' ja nicht direkt hineinschauen
können, sind die Methoden so spannend, mit denen man zumindest Reaktionen ablesen kann."

Die acht, die derweil – einer nach dem anderen – auf die Nachtruhe vorbereitet werden und dafür mit zahlreichen Kabeln an di-
verse Überwachungsgeräte angeschlossen werden, sind in den
meisten Fällen vom Haus- oder Hals-Nasen-Ohren-Arzt zu den
Kollegen geschickt worden. Ihre Vorgeschichten ähneln sich
häufig: Der typische Patient ist leicht übergewichtig, mittleren Al-
ters und tagsüber oft unausgeschlafen oder döst gar zwischen-
durch plötzlich ein. Kurz: Ihm – oder ihr – fehlt die erholsame

Nachtruhe. Was genau die verhindert, das will die Überwachung der verschiedenen Organfunktionen in der Schlaflabor-Nacht erkunden.

Aber kann man in dieser extremen Sondersituation im fremden Bett und unter fremden Augen, zudem wissend um die Wichtigkeit dieser Nacht, überhaupt Schlaf finden? Dr. Hemmers kennt die Bedenken der nächtlichen Gäste: „Fast alle sagen morgens, dass sie kein Auge zugetan hätten" – doch in nahezu jedem Fall gibt es ausreichend Schlafphasen, aus deren Werten sich ein Profil gewinnen lasse. Dass die Gewohnheiten aus dem heimischen Schlafzimmer und die Rituale davor auch unter den Laborbedingungen beibehalten werden sollen, wird den Patienten gesagt: Wer jeden Abend ein Bier vor dem Einschlafen trinkt, soll es auch in der Praxis tun; wer es ganz dunkel haben möchte, auch dem wird das ermöglicht. Und wer bis Mitternacht oder länger vor dem Fernseher sitzt, kann dies auch im Schlaflabor in seinem hotelähnlichen Einzelzimmer tun. So sind die Bedingungen – trotz der selbstverständlich zusätzlichen Aufregung – dann möglichst realistisch.

Nicht allein die lähmende Müdigkeit nach schlechter Nachtruhe ist der Grund, warum man den Schlafproblemen dringend auf den Grund gehen sollte, denn die Risiken sind möglicherweise wesentlich größer: Herzinfarkt oder auch ein Schlaganfall können die Folgen sein, wenn der Rachen sich im Schlaf verengt und durch dieses anatomische Problem zu wenig Sauerstoff durch den Körper gepumpt wird. Schnarchen, kürzere oder gar längere Atemaussetzer oder Herzrasen sind Symptome, von denen der Betroffene meist selber gar nichts mitbekommt, der Partner oder die Partnerin oft umso mehr. Nicht selten sind es eben die Angehörigen, die aus Angst auf eine Untersuchung und Beobachtung drängen.

Die beiden Nachtschwestern haben ihre Gäste inzwischen alle so weit ans EEG und die anderen Messgeräte angeschlossen, dass die beobachtete Nachtruhe bis sechs Uhr am anderen Morgen laufen kann. An acht Bildschirmen verfolgen sie die Hirnstromkurven, die Atemrhythmen und die anderen Linien, die die Geräte aufzeichnen und deren Auswertung den behandelnden Ärzten dann klare Hinweise auf Abstände und Anzahl der verschiedenen (Tief-)Schlafphasen geben wird.

Diese Arbeit beginnt, wenn die nächtlichen Gastschläfer längst wieder daheim sind. „Wenn sich bestätigt, dass der Atem beim Schlaf immer mal wieder aussetzt, dann heißt das Mittel der Wahl CPAP-Maske, die Abkürzung steht für ,continuous positive airway pressure'. Mittels der Maske, die individuell angepasst wird, und eines Schlauchsystems kann über ein Beatmungsgerät eine dauerhafte Atemunterstützung eingestellt werden", erläutert Dr. Hemmers. Das Tragen der Maske muss dann allerdings lebenslang erfolgen. „Bei rund 70 Prozent der Patienten mit dieser Therapie klappt das sofort nach dem Eingewöhnen reibungslos." Die modernen Geräte mit sehr wenig Nebengeräuschen machen es auch den jeweiligen Partnern leicht, wieder einen ruhigen Schlaf zu finden, ohne „Sägen" von nebenan oder Panik vor dem Ersticken des Bettnachbarn. Einer, dem auf diese Weise geholfen wurde, hat sein Gerät sogar liebevoll „Otmar" getauft.

Natürlich gibt es weitere Gründe für Schlafprobleme, auf die sich in Münster auch einige weitere Schlaflabore spezialisiert haben, Ein- oder Durchschlafstörungen etwa aufgrund von Stress oder Schichtarbeit. Grundsätzlich sollte man einige Tipps beachten für eine gesunde Schlafhygiene, so verrät Dr. Hemmers noch: Das Zimmer sollte ruhig sein, angenehme Temperatur bieten und man sollte nach Möglichkeit auf gleichmäßige Schlafenszeiten achten. „Und wenn es mal nicht klappt mit dem Einschlafen: Lieber aufstehen, lesen oder bügeln, als sich herumzuwälzen." Der Arbeitstag in seiner Praxis geht zu Ende. Draußen ist es dunkel geworden. Um 21 Uhr öffnen sich die Türen des medizinischen „Hotels" nebenan wieder – acht neue Frauen und Männer betreten das Schlaflabor in der Hoffnung auf Erhellendes angesichts ihrer Schlafprobleme.

Die Frage nach dem „Warum?" bleibt unbeantwortet

Ein sonniger, erster richtiger Frühlingstag: Münsters Innenstadt ist an diesem 7. April 2018 voll von gut gelaunten und entspannten Menschen. Sie bummeln über den Prinzipalmarkt, haben den bunten Markt auf dem Domplatz genossen und suchen in der wärmenden Sonne ein Plätzchen für Kaffee und Kuchen. Rund um das Kiepenkerl-Denkmal ist die Außenterrasse dicht besetzt. Münster zeigt seine schönsten Seiten für Touristen wie für Einheimische. Um 15.27 Uhr versinkt der leuchtende Samstag an dieser Stelle in Blut, in Schreien, in Panik und Tod – mit seinem Campingbus fährt ein 48-jähriger Mann krachend Amok ins Herz der Stadt und ihrer Menschen.

Dass diese dunkle Stunde mit ihrer furchtbaren Bilanz auch helle Seiten haben wird, daran mag im Moment des Grauens wohl niemand geglaubt haben. Und dennoch wird Solidarität, Mitgefühl, Zupacken und Trost ganz konkret erfahrbar: Polizei, Hilfskräfte, Ärzte und Krankenhaus-Teams agieren schnell, professionell und zugewandt, viele Bürgerinnen und Bürger stehen in der Schlange der Blutspender vor dem Uni-Klinikum oder kümmern sich wie selbstverständlich um Geschockte oder Anwohner, die in den Stunden nach der Tat noch nicht in ihre Wohnungen rund um den weiträumig abgesperrten Ort des blutigen Geschehens zurückkehren dürfen.

Bis sich in groben Zügen abzeichnet, was da am Nachmittag geschehen ist, vergeht viel Zeit – auch dies wird im Nachhinein gelobt werden. Denn die Fragen, ob es ein islamistischer Anschlag wie zum Beispiel in Nizza ist, ob weitere Täter – eventuell bewaffnet – im Stadtgebiet unterwegs sind oder ob es im Campingwagen des Fahrers gar Sprengstoff gibt, sollen nicht vorschnell oder reißerisch für Spekulationen oder Panik sorgen. Die sachliche und transparente Informationspolitik der Polizei in den sozialen Netzwerken, aber auch gegenüber den rasch herbeigeeilten Medienvertretern ist gut und richtig; das wird von vielen Seiten –

Noch viele Tage nach der Amokfahrt standen Kerzen und Blumen rund um das Kiepenkerl-Denkmal, den Ort des blutigen Geschehens. In der Mitte war die Frage zu lesen, die alle Beteiligten noch lange nach der Rückkehr des Alltags bewegt: „Warum?"

allen voran vom sichtlich betroffenen Oberbürgermeister Markus Lewe und später von NRW-Ministerpräsident Armin Laschet – immer wieder betont. Natürlich kursieren dennoch im Netz Fotos, Vermutungen und durchaus auch „fake news".

Weshalb der in Münster lebende Jens R. seinem eigenen und dem Leben möglichst vieler anderer Menschen auf so mörderisch-spektakuläre Art ein Ende setzen wollte und sich nach der Amokfahrt durch die Reihen der Caféhaus-Tische noch im Wagen selbst erschießt, wird sich vermutlich nie ganz aufklären lassen. Noch lange werden Puzzlesteine seines äußeren und inneren Lebens zusammengesetzt werden. Dennoch steht zu vermuten, dass die Frage nach dem „Warum?", die tagelang auf einem improvisierten Schild inmitten eines Blumen- und Kerzenmeeres am Tatort aufleuchtete, unbeantwortet bleiben muss.

Zwei Menschen und der Täter selbst finden an diesem düsteren Tag den Tod, zwei weitere Opfer sterben später an den Folgen ihrer Verletzungen. Viele der weit über 20 Verletzten kämpfen in Münsters Krankenhäusern lange um ihr Leben und ihre Genesung. Für niemanden, der das Geschehen unmittelbar oder mittelbar erlebt hat, wird der Alltag je wieder ganz so sein wie vor diesem Einschnitt. Viele Notfallseelsorger – wie zur Fügung ist auch eine auswärtige Gruppe von ihnen zu Besuch in der Innenstadt – schenken in den Stunden nach der Tat Betroffenen ihr Herz und ihr Ohr und federn so den ersten Schock ab.

Das Trauma des dunklen Geschehens hat ein Paar auf ganz besondere Weise wenige Tage nach der Amokfahrt verarbeitet: Die beiden Verlobten hatten sich ein Erlebnis-Wochenende in Münster gegönnt und als Tatort- und Wilsberg-Fans eine entsprechende Krimi-Stadtführung mitgemacht. Eine gemütliche Pause sollte der Besuch auf dem Platz zu Füßen des Kiepenkerls bieten. Während der Mann auf dem Weg in die Gaststätte war, fuhr Jens R. den Tisch um, an dem er Sekunden zuvor saß, und verletzte seine Verlobte, die Knochenbrüche erlitt. Noch im Krankenhaus beschlossen die beiden Mittfünfziger zu heiraten, ehe sie die Heimreise antreten konnten. Münsters Oberbürgermeister traute das Paar in der Klinik – man wollte der Stadt Mut machen, so betonten beide. Auch dies eine helle Seite an einem Geschehen, dessen Verarbeitung noch lange brauchen wird, auch wenn die äußeren Narben der Verletzten verheilt sein werden und der Platz am Kiepenkerl-Denkmal längst wieder gut besuchte Tische und Stühle trägt.

Zweihundert Jahre Tradition im Braukeller

Alles beginnt mit Schwarzbrot und dunkler Schokolade: Johannes Müller, 1792 in Thüringen geboren, kommt 1816 nach Münster und betreibt in der Kreuzstraße eine Bäckerei mit Schokoladenfabrikation. Und außerdem verlegt er sich aufs Altbier-Brauen – Malz und Getreide braucht man schließlich sowohl fürs Brot als auch fürs Bier. Zu Hochzeiten gab es über 100 Kleinbrauereien in der Stadt. Übrig geblieben ist davon nur jene, die auch heute noch an der Kreuzstraße ansässig ist und in deren dunklen Kellern weit mehr als „Alt" lagert: Der berühmte Nachfahre des Gründers, Carl Müller, genannt Pinkus, gab der Brauerei mit seinen Namen und bis heute dem Familienbetrieb einen Ruf, den die nächsten Generationen mit Innovationen und zeitgemäßem Angebot weit über Münsters Grenzen hinaus trugen und tragen.

Wenn sich heute Dipl.-Braumeisterin Barbara Müller und ihr Ehemann, Brauereiingenieur Friedhelm Langfeld, in der sechs-

Der singende Braumeister Pinkus Müller ist hier zwischen den Holzfässern zu sehen, die 3500 bis 4000 Liter Bier fassten. Die Fotos entstanden Mitte der 1930er-Jahre im Bierkeller.

ten Generation um Brauerei, Gaststätte und vor allem um die Qualität der bereits seit 40 Jahren genutzten Bio-Rohstoffe für die breite Palette von Pils, Alt, Radler, Malz, Bock bis hin zu Weizen mit und ohne Alkohol kümmern, dann ist vieles sicher zeitgemäßer und moderner geworden. Aber die Begeisterung, mit der die Familie über mehr als 200 Jahre in Münster ihrem Beruf nachgeht, die hat sich nicht verändert.

Zwar ist der ursprüngliche Standort im heutigen Kuhviertel inzwischen längst zu klein geworden, sodass man einen Teil der Produktion – die Flaschenabfüllung – am Standort Laer im Kreis Steinfurt herstellt. Dennoch schlägt, so Friedhelm Langfeld, „das Herz der Brauerei aber weiter in Münster". Wenn das Haus an der Kreuzstraße erzählen könnte, dann hätte es viel zu berichten: Aus den Jahren zur vorletzten Jahrhundertwende, als man noch mit dem Bierkrug – dem Bullenkopp für sechs Liter zum Beispiel – kurz über die Straße kam, um sich den Getränkevorrat abzuholen, oder von den schwierigen Zeiten nach dem Zweiten Weltkrieg, als es kaum Getreide für die Produktion gab und das Dach des Gebäudekomplexes komplett zerstört war. Immerhin aber konnte man die Edelmetall-Braukessel vor dem Einschmelzen für die Kriegsproduktion retten – dunkle Zeiten wahrhaftig.

Dass mit dem 1899 geborenen Carl Müller das bisher berühmteste Mitglied der Brauer-Familie auf die Welt kam und sein Spitzname „Pinkus" später zum Markenzeichen des Familienbetriebs werden sollte, ist dagegen ein Highlight in der Firmengeschichte. Denn der „singende Braumeister", der jahrelang auch als Tenor im Radio und bei den Städtischen Bühnen Münster erfolgreich und beliebt war, sorgte nicht nur für Begeisterung in der Altbierküche bei den Gästen: Er setzte sich für die Traditionen seiner Heimatstadt Münster sowohl als Karnevalsprinz (übrigens gleich dreimal hintereinander) als auch beim Wiederaufbau der kriegszerstörten Stadt mit Benefizkonzerten ein. Und nicht zuletzt passten er und der damalige Verkehrsdirektor Theo Breider beim Bau des Freilichtmuseums Mühlenhof am Aasee bestens zusammen.

Wie er zu seinem veränderten Vornamen kam, den er nach Angaben der Familie später sogar in seinen Ausweis eintragen ließ, diese Geschichte ist legendär – und wird nicht allein in der Altbierküche erzählt: Nach reichlichem Genuss des Getränks aus der elterlichen Brauerei spornten sich Carl und ein paar Schulfreunde eines Nachts gegenseitig an, von einer Mauer aus eine brennende Gaslaterne auszupi... – gewonnen hat Carl, der daraufhin den Titel „Pinkulus" erhielt, aus dem sich der verkürzte Spitzname entwickelte.

Längst gibt es im Lagerkeller die riesigen Fässer nicht mehr, die ein Fassungsvermögen zwischen 3500 und 4000 Liter des Gerstensaftes besaßen. Die alten Fassböden hängen heute nostalgisch in so mancher Gaststätte, natürlich auch bei Pinkus. Die Holzfässer wurden im Laufe der Jahre zunächst durch Aluminiumtanks ersetzt, diese dann wiederum durch Edelstahlbehälter.

Heute findet man Pinkus-Müller-Biere in Deutschland nahezu flächendeckend, dazu in etlichen Staaten der USA als größtem Export-Kunden. Doch auch in Japan und vor allem in den westlichen europäischen Nachbarstaaten und neuerdings auch in Finnland sind die Brauerei-Spezialitäten aus Münster beliebt. Dunkles Bier – um beim Thema „dunkles Münster" zu bleiben – ist allerdings bei den Amerikanern weniger gefragt als in Europa, wo etwa das „Bock-Bier" besonders im Winter ein Hit ist. Dass schonender Umgang mit der Umwelt und die Verarbeitung von biologisch angebauten Rohstoffen wie Malz den heutigen Inhabern am Herzen liegen, betont Friedhelm Langfeld besonders: „Es geht zwar mit der Entwicklung neuer Bier-Sorten und sich änderndem Publikums-Geschmack immer wieder neu weiter, aber auf Qualität und Tradition wird bei Pinkus Müller großer Wert gelegt." Spricht's und wird in den Produktionsbereich gerufen – ein Stromausfall verlangt den technisch begabten Hausherrn. Wieder eine dunkle Geschichte ...

„Räuberhauptmann" oder „Scheiterhaufen"?

Die Qualen in diesem „Fegefeuer" hätten sich die mittelalterlichen Christen sicher wesentlich lieber ausgemalt als jene, die ihnen die Kirche damals drohend vor Augen stellte: In der Szene-Kneipe von Katrin Pfaff und ihrem Team nahe dem Ludgerikreisel warten keine Höllenfeuer, sondern nur die Qualen der kulinarischen Wahl zwischen „Räuberhauptmann" und „Scheiterhaufen" auf die Gäste – oder die zwischen zehn Sorten Met, dem Honigwein.

Aus ihrer Passion für Mittelalter-Märkte hat die Wirtin in einer mutigen Entscheidung 1998 einen Beruf gemacht: Die gelernte Hotelfachfrau sprang in die Nische „Szene-Lokal" und eröffnete das „Fegefeuer". Ihre eigene Vorgabe: Vier Jahre Probezeit geben wir uns! Dass daraus inzwischen zwei Jahrzehnte geworden sind, erscheint ihr im Rückblick fast unglaublich. „Vielleicht liegt es daran, dass sich unsere Gäste fühlen sollen, als wären sie in unser Wohnzimmer eingeladen", vermutet sie vorsichtig.

Seit einiger Zeit kann man übrigens in der Taverne auch etwas deutlicher sehen, wie dieses Wohnzimmer aussieht: Nach Jahren bei allenfalls Kerzenschein – was weder das Lesen der uri-

Seitdem es ein wenig elektrisches Licht im Gastraum gibt, kann man die skurrile Einrichtung besser bestaunen: So manches Deko-Stück haben Stammgäste mitgebracht.

gen Speisekarte noch das Bezahlen mit „Silberlingen" sonderlich einfach machte, wohl aber für den authentischen Eindruck einer mittelalterlichen, dunkel-verrauchten Wirtshausstube sorgte – gibt es inzwischen elektrische Lämpchen. Sie hellen den Gastraum ein wenig auf und geben vor allem Gelegenheit, die skurrile Einrichtung an Wänden und Decken besser zu studieren, nachdem man sich für hausgemachtes Brot aus dem Tontopf, für Leckerchen nach Laune des Küchenmeisters oder für „Lattich" (Salat) entschieden hat. „Viele der Deko-Artikel haben wir auf Mittelalter-Märkten zusammengetragen, andere bringen uns Gäste einfach mit und freuen sich, wenn wir sie – wie ein Rentierfell an der Decke oder einen Kuhschädel an einem urigen Balken – dann auch aufhängen", erzählt die Wirtin lachend. Was will das Publikum? – Mit diesem Motto ist das „Fegefeuer" offenkundig gut gefahren bisher, denn der Spaß am Schmaus im Ambiente des „dunklen" Mittelalters ist zwar geblieben, aber hat sich immer mal wieder den sich ändernden Wünschen der Besucher angepasst. Schon seit sechs Jahren gibt es Leckeres

Den Spaß an der Arbeit und am Umgang mit den Gästen sieht man ihnen an: Wirtin Katrin Pfaff mit einem der Köche und ihrem Herold, ihrer „rechten Hand".

für den „getierfreien Hunger", also vegetarische Speisen. Viele Muslime, Inder und auch jüdische Gäste kommen gerne wieder: „Wir bieten auf Bestellung ganze Fleischteile – etwa Rinderrippen – für muslimische Gruppen oder kochen auch koscher, im Vorfeld von einem Rabbi getestet." So richtet sich das Team ganz nach den Vorlieben der Gäste. „Wir wissen genau, woher unser Fleisch kommt. Das Wild etwa liefern uns Jäger aus dem Sauerland und der Lüneburger Heide", erzählt Katrin Pfaff, die auch darauf hinweist, dass stets das ganze Tier verwendet, also respektvoll mit dem Fleisch umgegangen wird. „Auch das ist so wie im angeblich ‚dunklen' Mittelalter", erklärt die Gastgeberin und ist froh, dass ihre Köche ihr Handwerk wirklich gelernt haben. Sie selbst sucht allerdings stets in Omas Kochkladden, bei Gesprächen mit älteren Menschen oder in Klosterkochbüchern nach alten regionalen Rezepten – vor allem die Kräuterküche hat es ihr angetan. „Auch Düfte und Gewürze spielen ja beim

Genuss eine große Rolle." Heraus kommt dabei dann so etwas wie die „Tannenwipfel-Glasur" – hellgrüne, frisch geerntete weiche Tannenaustriebe aus dem Garten der Eltern im hohen Norden werden in einem Sud eingekocht und bieten einen hoch aromatischen Geschmack auf dem Tongeschirr.

Auch jedes Getränk, das „Fegefeuer"-Durst löschen soll, wird übrigens in eigens hergestellten Tonkrügen serviert. Ob darin eine der vielen Fruchtweinsorten, Met oder Kellerbier auf dem Tisch landet – auch hier liefern ausgesuchte Produzenten wie zum Beispiel eine Klosterbrauerei aus Brandenburg nach Münster. Serviert wird im Winter ganz stilecht in Lederschürze oder Miederkleidern, in den warmen Monaten allerdings gibt es „Marscherleichterung" für die Burschen und Maiden des Servicepersonals.

Gewöhnen müssen sich neue Gäste übrigens meist erst daran, dass Wirtin und Team das Herz auf der Zunge tragen: Jeder wird hier geduzt, freundlich-direkt behandelt, muss aber auch bei schlechter Laune schon mal mit einer passenden Replik rechnen. Geschadet hat dies offenkundig nicht, die lockere Atmosphäre überträgt sich rasch auf die Einkehrer – vom Kleinkind bis zur Großmutter, vom Firmenevent bis zur Kommunionfeier hat die Mittelalter-Taverne schon Gäste bewirtet. Und dabei möglich gemacht, was jeweils gewünscht wird: Gaukler und Feuerschlucker kann man sich als Untermalung für einen mittelalterlichen Festschmaus ebenso buchen wie authentische Tafelmusik mit Laute und Drehleier. Dass man dann auch von Baumscheiben und ohne Besteck essen kann und darf, komplettiert den Zeitsprung rückwärts selbstverständlich.

Bleibt die Frage nach dem Namen. „Eigentlich war das nur unsere zweite Wahl", zwinkert Katrin verschwörerisch und verrät nur, dass die vorgesehene Ursprungsidee beim Amt auf Widerstand stieß – offenbar schien sie doch ein wenig zu ketzerisch. „Aber wir haben beste Beziehungen zu den Kirchengemeinden rundherum und auch Geistliche oder Ordensbrüder als Stammgäste", so kann die Wirtin dem herausfordernden einstigen „Ersatz"-Namen längst nur Gutes abgewinnen.

Bleibt zum Schluss die erwähnte Qual der Wahl: Essen wir jetzt den Scheiterhaufen- oder doch lieber den Räuberhauptmann-Teller?

Aus dem dunklen Kasten kommt das fehlende Wort

„Denn die einen sind im Dunkeln und die andern sind im Licht, und man siehet die im Lichte, die im Dunkeln sieht man nicht." Bei seiner Moritat aus der „Dreigroschenoper" hat Bertolt Brecht natürlich nicht an Rosemarie Berg gedacht. Und dennoch passt seine Strophe nahezu perfekt auf sie: Die Wolbeckerin ist, gemeinsam mit Kollegin Elfriede Tepper, Souffleuse bei der Niederdeutschen Heimatbühne Gremmendorf und überlässt das Scheinwerferlicht der Bühne gerne den Laienspielern oben, während sie versteckt im Dunkel ihres „Kastens" dafür sorgt, dass es keine Text-Hänger gibt.

Seit fast 20 Jahren gehört die gelernte Bauzeichnerin zum Team der Heimatbühne, die die Münsteraner jährlich mit plattdeutschen Lustspielen erfreut. Und das übrigens schon seit 1932, als der Hobby-Dichter Franz Beiske das Stück „De Pengelanton" mit Laienschauspielern darbot, um Geld für eine neue Fahne des Orts- und Schützenvereins Gremmendorf einzuspielen. Der mundartliche Spaß um die an den Übergängen bimmelnde

So erarbeitet sich Rosemarie Berg das Textbuch für die nächste Aufführung: Sie wandert dabei am liebsten durch ihre Wohnung und liest die Rollen laut vor.

(„pängelnde") Eisenbahn, die im Stadtteil einen Haltpunkt hatte, gefiel so gut, dass sich die Hobbytruppe zur „Niederdeutschen Heimat-Bühne Gremmendorf" mauserte und fortan regelmäßig Theaterstücke aufführte.

Ehe Rosi Berg das erste Mal im Dunkel des Souffleur-Kastens verschwand – eigentlich nur ihrer Freundin Gaby Schniggendiller zuliebe, die heute die Bühne leitet – hatte sie jede einzelne Probe des Ensembles besucht und dann vor der Premiere ein paar schlaflose Nächte hinter sich. „Heute bin ich souveräner und eigentlich nur noch bei den Bühnenproben dabei", denn Rosi Berg kann inzwischen auf viel Erfahrung zurückblicken. Dennoch bleibt selbstverständlich auch bei ihr das Kribbeln vor der ersten der meist 14 Aufführungen im November und Dezember bestehen, welche sie sich mit Kollegin Tepper teilt. Übrigens kann die „unsichtbare Mitspielerin" erst seit ein paar Jahren auf einem Stuhl in ihrem engen Kasten sitzen – „als wir statt im Pfarrheim noch in einer Gaststätte spielten, habe ich wegen der niedrigen Bühne einfach auf dem Fußboden gesessen. Kiste drüber – fertig."

Wenn sie selbst ins Theater geht oder im Fernsehen Bühnenstücke anschaut, dann sucht ihr Blick auch immer den schwarzen Kasten oder aber den Mann oder die Frau in der ersten Reihe, die das Buch in der Hand halten. Das Publikum im Rücken, die Spieler vor sich, nur das Bühnenlicht fällt aufs Textbuch: Was muss eine gute Souffleuse mitbringen? „Konzentration", fällt Rosi Berg als Erstes ein. Wenn man dann noch, wie sie, überaus gerne und schnell liest, dazu als gebürtige Norddeutsche den Sprung vom dortigen zum münsterländer Plattdeutsch mit Bravour gemeistert hat, dann ist der Platz vor der Bühne genau der richtige. Und weil sie obendrein Spaß an der Arbeit hat („Ich kann helfen, das ist doch klasse"), sich mit den Mitspielenden gut versteht und sich zugehörig fühlt, kann sie sich auch noch eine lange Zusammenarbeit vorstellen. „Meine Familie trägt mein Hobby mit und besucht wenigstens einmal die Vorstellung", freut sich Rosemarie Berg. „Ich mache zumindest so lange weiter, wie ich noch aus der Kiste wieder rausklettern kann", lacht sie.

Wenn sie sich in der Vorbereitung auf ein neues Stück das Buch mit seinen rund 80 DIN-A4-Seiten – durch die Wohnung wandernd – laut vorgelesen hat, macht sich Rosi Berg ihre Markierungen und Notizen, die ihr am Aufführungsabend helfen, die „im Licht" zu unterstützen. „Ich spreche in normaler Lautstärke", beschreibt sie und meint, dass es das Lustspiel-Publikum zumeist höchst erheiternd findet, wenn es das Stichwort-Geben

Rosemarie Berg (stehend) und ihre Mit-Souffleuse Elfriede Tepper am „Arbeitsplatz": Zwischen Publikum und den Schauspielern platziert, sind sie die Rettungsanker bei den gefürchteten Text-Hängern.

mitbekommt. „So manchen Lacher haben die Spieler aber auch schon hervorgelockt, wenn sie ganz ungeniert den Kopf in meinen Souffleur-Kasten hineinstecken und nachfragen."

Jeder oben weiß natürlich, welche verlässliche Unterstützung es von unten gibt – und deshalb mögen alle ihre Souffleusen. Auch gehören Neckereien zum Spaß, den die Schauspieler an ihrem Hobby haben: Da wird schon mal mit dem Besen Bühnenstaub in die schwarze Kabine gefegt oder urplötzlich die Haube vom Kasten gelüftet. Bei der ersten Verbeugung des Ensembles nach dem Schlussakt wird Rosi Berg aber stets auf die Bühne gezogen mit dem Skript in der Hand und bekommt ihren Anteil am Erfolg des Stückes in Applaus ausbezahlt. „Es ist schön, Teil vom Team zu sein." Dass sie die meiste Zeit dabei im Dunkeln sitzt, das stört sie nicht, denn sie setzt jene auf der Bühne nur allzu gerne ins rechte Licht. Manchmal reicht dazu das richtige Wort zur rechten Zeit ...

Das Cinema: ein Kino als kultureller und sozialer Ort

Wer kann sich nicht an seinen ersten Kinofilm erinnern? Die Aufregung, die Dunkelheit, die riesige Leinwand, die plüschigen Sitze, die vielen Menschen. Ist es in Zeiten von Fernsehbildschirmen, die locker Kino-Projektionsflächen erreichen und schier unendliche Programmvielfalt bieten, noch immer ein Erlebnis, ins „Lichtspielhaus" zu gehen? Für die Betreiber des münsterschen „Cinema & Kurbelkiste" an der Warendorfer Straße ist das keine Frage – „Kino ist und bleibt ein kultureller und sozialer Ort!" Seit 50 Jahren überlebt das ambitionierte Filmtheater dabei erfolgreich mit der steten Suche nach dem etwas anderen, dem besonderen Angebot.

Seit 1981 ist das Cinema an seinem jetzigen Standort Teil eines lebendigen Stadtviertels und nach anfänglichen Anwohner-Protesten längst ein liebgewordener Nachbar. Zuvor war es im „Neuen Krug" an der Weseler Straße zu Hause gewesen und hatte sich rasch als vermutlich ältestes „Programm-Kino" in Deutschland einen Namen gemacht. „Heiner Pier hatte das Haus 1968 übernommen", weiß Fabian Hagemeier, Kaufmann für Filmtheater-Management im heutigen Cinema, über die Geschichte des Kinos zu berichten, das Thomas Behm und Jens Schneiderheinze seit 1997 betreiben. Zehn Kinos hatte Münster vor 50 Jahren – heute sind es mit dem Cineplex, dem Schlosstheater und eben dem Cinema noch drei.

„Wir begreifen uns nicht nur als Kino", das ist der Satz, der die beiden Geschäftsführer und ihr Team täglich antreibt. In den einstigen Geschäftsräumen und der Lagerhalle des Möbelhauses Geier nebst Beerdigungsinstitut ist das auch deutlich spürbar: Denn hier gibt es neben den drei Vorführsälen auch das

Das besondere „Kinogefühl" kann der einzelne Fernsehsessel daheim wohl doch nicht vermitteln, sind die Fans des Cinema sicher.

zugehörige „Café Garbo", das längst eine Begegnungsstätte für die Menschen im Viertel geworden ist. Seit einiger Zeit ist als weiterer „Ableger" des Cinema das „neben*an" hinzugekommen, das Behm und Schneiderheinze als „Gegenkonzept" zum verdunkelten, geschlossenen Kino-Raum beschreiben. Das Ladenlokal neben dem Kino ist eine Art „Glaskasten", das vielerlei Angebote möglich macht: Vom offenen Seniorencafé bis zur Diskussionsveranstaltung kann der Raum genutzt werden.

Wie aber schafft es das kleine Filmtheater, der Konkurrenz von Fernsehen, Internet, Streaming-Diensten und Multiplex-Kinos zu trotzen und jährlich bis zu rund 80 000 Gäste in die trotz aller Nostalgie technisch hochmodern ausgerüsteten Säle zu holen?

Es ist eindeutig die Vielfalt des Angebotes – 424 verschiedene Filme gab es 2017 hier zu sehen, davon gut die Hälfte deutsche Produktionen. „Es sind die Nischen, die wir suchen und finden." Hagemeier weiß, dass es häufig die besonderen Filme abseits des Mainstream sind, die man anderswo nicht zu sehen bekommt. Doch auch hier ist „mehr als Kino" drin, denn die Cinema-Betreiber begnügen sich selten mit dem Startknopf am Computer, der Einlassmusik, Lichttechnik, Vorprogramm und Hauptfilm steuert – den guten alten Filmvorführer gibt es als Person schon länger nicht mehr. „Wir bieten Diskussionen nach bestimmten Filmen an, haben häufig Filmschaffende zu Gast und versuchen, mit bestimmten Formaten und Reihen dem münsterschen Publikum Spannendes und Unerwartetes anzubieten." Auch Sondervorstellungen – etwa für Firmlinge der umliegenden Pfarrei –, Architektur- und Film-Reihen, das beliebte Kino „Kaffeeklatsch" für Seniorinnen und Senioren oder lesbisch-schwul-queere Filmtage zeigen die ganze Bandbreite, mit der das kreative Team das Kino bespielt.

Regelmäßig wird das Haus seit Jahren mit Auszeichnungen und Preisen für diese Anstrengungen und sein kritisches, gesellschaftlich-politisch ausgerichtetes Programm auf Landes- und Bundesebene geehrt. „Neben der Wertschätzung für die Arbeit sind aber die bedeutenden Preis- und Fördergelder gerade für kleinere Häuser fast überlebenswichtig, um etwa die Technik zu modernisieren", hebt Hagemeier hervor. 2017 ging die bundesweite Spitzenauszeichnung bei den Kino- und Verleiherpreisen an das „Cinema & Kurbelkiste". Bei der Ehrung hatte Jens Schneiderheinze betont, wie wichtig Kinos nicht nur als Kultur-, sondern eben auch als soziale Orte seien. „Hier wird politisch engagiert für Weltoffenheit und Toleranz gestritten", so seine Überzeugung.

Gerade diese Werte stellt das Cinema aktuell besonders in den Mittelpunkt seiner „Leinwandbegegnungen". Jeden Monat erarbeitet eine Gruppe von Geflüchteten und Münsteranern gemeinsame Themen, sucht passende Filme aus und stellt sie im Cinema öffentlich vor. Die Besucher finden Platz zwischen den Geflüchteten, unterhalten sich mit ihnen und sind nach dem Film eingeladen, sich bei Essen und Trinken kennenzulernen. „Auch ist unser Kino Veranstaltungsort für den Verein ‚Die Linse', der sich um Förderung kommunaler Filmarbeit bemüht", erzählt Fabian Hagemeier. Hier ist es das Ziel, Filme zu zeigen, die in kommerziell betriebenen Kinos keine Chance hätten. Es geht

Kunterbunt und liebevoll dekoriert, mit vielerlei Hinguckern – etwa der selbst gebauten Programmtafel im Stil einer Bahnhofs- oder Flughafen-Anzeige – zeugt das kleine Cinema von der Begeisterung, mit der das Team Kino lebt.

Längst gehört das „Cinema & Kurbelkiste" zum Viertel, und die angeschlossene Gastronomie ist ein beliebter Treffpunkt vor oder nach dem und auch ohne Kinobesuch.

nur um Qualität, Inhalt und Form der Filme, die in einzelnen Vorführungen gezeigt werden, allerdings auch oft in Reihen oder Werkschauen eingebettet sind.

Besonderes Augenmerk gilt im Cinema auch dem Nachwuchs. Zwar sind die Zeiten vorbei, in denen es ein tägliches Kinderprogramm gab, aber immerhin zweimal pro Woche erleben auch die jüngsten Kinobesucher das ganz besondere Flair im Kinosessel, werden hineingezogen in die Welt da auf der Leinwand im Halbdunkel des Saales. „Mir geht es bei jeder Vorstellung so", lacht Fabian Hagemeiner, der sich dann zum Beispiel plötzlich in einem Taxi in New York wiederfindet – „zu Hause vor dem Fernseher ist das anders, da lenkt mich der Korb mit der Bügelwäsche ab oder das Handy blinkt". Dieses Gemeinschaftserlebnis können die kleinen Besucherinnen und Besucher übrigens auch beim Schulkinder-Programm in den Ferien oder dem Schulkino im Rahmen von Unterricht – für die Älteren gerne auch mit fremdsprachigen Filmen – erleben. Malaktionen nach dem Wiederauftauchen aus dem Kinosessel gehören übrigens auch oft zum Angebot des Cinema für die nachfolgende Besuchergeneration. „Ein Bewusstsein für diesen besonderen Ort" soll so entstehen.

Dass das Rattern des Projektors fehlt, keine Filmrolle mehr gewechselt werden muss und der 35-mm-Film mit seiner einen Tonspur längst der digitalen Kopie gewichen ist, merkt der Kinobesucher eigentlich nur an der besseren Bildqualität. „Aber wir haben in zwei der drei Säle auch noch die alten Projektoren stehen. Wenn wir dann die 25 Kilo schweren Kisten mit den Filmrollen angeliefert bekommen und die alte Technik wieder anläuft, dann ist das schon ein Nostalgie-Moment", sagt Fabian Hagemeier und tätschelt den ausgemusterten Projektor, der im Foyer von diesen alten Zeiten erzählt. Sie haben sich gewandelt – auch wenn sich das Cinema mit seiner persönlichen Note ein Stück davon erhalten hat.

Weitere Bücher aus der Region

Münster – Gestern und Heute
Heike Hänscheid, Werner Otto
72 Seiten, zahlr. Farb- u.
S/W-Fotos
ISBN 978-3-8313-2255-8

Münster – Farbbildband
deutsch/english/français
Werner Otto, Heike Hänscheid
72 Seiten, zahlr. Farbfotos
ISBN 978-3-8313-2325-8

Aufgewachsen in Münster
in den 60er und 70er Jahren
Heike Hänscheid,
Klaudia Maleska
64 Seiten, zahlr. Farb- u.
S/W-Fotos
ISBN 978-3-8313-1898-8

**Münsterland –
1000 Freizeittipps**
Ausflugsziele, Sehenswürdig-
keiten, Sport, Kultur, Veranstaltungen
Urte Engelhard
192 Seiten, zahlr. Farbfotos
ISBN 978-3-8313-2895-6

Wartberg-Verlag GmbH
Im Wiesental 1   34281 Gudensberg
www.wartberg-verlag.de

Bücher für Deutschlands Städte und Regionen
Tel. 0 56 03 - 93 05 0
Fax. 0 56 03 - 93 05 28